Boda griega

Lynne Graham

HARLEQUIN®

Tiempo para ti™

NOVELAS CON CORAZÓN

Editado por HARLEQUIN IBÉRICA, S.A.
Hermosilla, 21
28001 Madrid

I.S.B.N.: 84-396-8336-7
Depósito legal: B-37844-2000
Editor responsable: M. T. Villar
Diseño cubierta: María J. Velasco Juez
Fotomecánica: PREIMPRESIÓN 2000
C/. Matilde Hernández, 34. 28019 Madrid
Impresión y encuadernación: LITOGRAFÍA ROSÉS, S.A.
C/. Energía, 11. 08850 Gavá (Barcelona)
Fecha impresión Argentina:15.02.01
Distribuidor exclusivo para España: M.I.D.E.S.A.
Distribuidor para México: INTERMEX, S.A.
Distribuidores para Argentina: interior, BERTRAN, S.A.C. Vélez
Sársfield, 1950. Cap. Fed./ Buenos Aires y Gran Buenos Aires,
VACCARO SÁNCHEZ y Cía, S.A.
Distribuidor para Chile: DISTRIBUIDORA ALFA, S.A.

Capítulo 1

HAS arruinado tu vida como hizo tu madre con la suya –dijo Spyros Manoulis. Olympia miró a su abuelo, griego, con sus ojos color mar. Estaba muy nerviosa, pero había ido a suplicarle algo y, si dejarle que se metiera con ella lo ponía de mejor humor, soportaría cualquier ataque.

Esbelto y fuerte para sus setenta y tantos años, el canoso anciano paseaba por la lujosa suite del hotel de Londres.

–¡Mírate, aún soltera con veintisiete años! Sin marido ni hijos. Hace diez años, yo te abrí mi casa y traté de hacer lo mejor para ti...

Cuando se detuvo para respirar, Olympia supo lo que iba a continuación y se puso más pálida.

–¿Y cómo me pagaste mi generosidad? –continuó el anciano–. Tú deshonraste el apellido de mi familia. Me hiciste caer en desgracia, destruiste tu reputación e insultaste de manera imperdonable a la familia Cozakis.

–Sí...

Olympia estaba lo suficientemente desesperada como para suicidarse incluso si con eso calmaba a su abuelo y le daba la oportunidad de rogar por la causa de su madre.

–¡Vaya un matrimonio que te conseguí... Y en su momento estuviste muy agradecida por tener a Nikos Cozakis! Lloraste cuando te dio el anillo de compromiso. ¡Recuerdo muy bien esa ocasión! Y luego lo tiraste todo por la borda en un momento de locura. Me avergonzaste a mí y a ti misma...

–Diez años es mucho tiempo...

–¡No lo suficiente como para que yo lo olvide! Sentía curiosidad por volverte a ver. Es por eso por lo que accedí a hacerlo cuando me escribiste. Pero deja que te diga ahora, para no perder más el tiempo, que no recibirás ninguna ayuda económica de mí.

Olympia se ruborizó.

–No quiero nada para mí... pero mi madre, tu hija...

Spyros la interrumpió antes de que ella pudiera mencionar el nombre de su hija.

–¡Si mi hija te hubiera criado para ser una joven decente, de acuerdo con las tradiciones griegas, tú no me habrías deshonrado!

Ante esas palabras, Olympia decidió que no iba a permitir que su madre pagara por sus pecados, así que levantó la barbilla decididamente.

–Por favor, déjame hablar...

–¡No! ¡No te voy a escuchar! Quiero que te vayas a casa y pienses en lo que has perdido para ti y tu madre. Si te hubieras casado con Nikos Cozakis...

–¡Lo habría castrado! –exclamó ella sin poder contenerse.

Su abuelo levantó las cejas sorprendido y ella se ruborizó.

–Lo siento.

–¡Por lo menos él te habría enseñado a mantener la lengua quieta cuando te está hablando un hombre! Ahora solo te puedes ganar mi perdón casándote con Nik.

–¿Y por qué no me pides también que escale el Everest?

–Ya veo que te haces a la idea.

–Si yo pudiera hacer todavía que se casara conmigo, ¡tendría acceso todavía a la fortuna de la familia Manoulis?

–¿Qué estás sugiriendo? ¿Hacer que se case contigo? ¿Nikos Cozakis, al que insultaste tan gravemente, el que puede tener a cualquier mujer que desee...?

–Pocas mujeres pueden ofrecer una dote tan grande como la que tú ofreciste como compensación hace diez años.

–¿Es que no tienes vergüenza?

–Cuando tú trataste de venderme como uno de tus petroleros, yo perdí todas mis ilusiones. Y aún no has respondido a mi pregunta.

–¿Pero a qué viene una pregunta tan tonta? –exclamó el anciano.

–Solo lo quiero saber.

–Yo le habría pasado el control de la empresa familiar a Nik el día de vuestra boda, ¡y todavía lo haría con gusto si fuera posible! Mi único deseo era dejar en buenas manos el negocio al que le he dedicado toda mi vida. ¿Era eso mucho pedir?

Olympia decidió que aquello no tenía sentido, así que empezó a dirigirse a la puerta, pero entonces, pensó que debía hacer un último intento.

–La salud de mi madre no es buena...

Spyros gruñó algo en griego y Olympia lo miró echando chispas por los ojos:

–¡Si ella muere en la pobreza, espero que la conciencia te castigue hasta la tumba y más allá, porque eso es lo que te mereces!

Él la miró por un segundo con ojos inexpresivos. Luego le dio la espalda.

Olympia abandonó la suite y se metió en el ascensor, donde se derrumbó. Minutos más tarde, ya había recuperado el control y salió a la calle. Pensó que, si tuviera dinero, haría que raptaran a Nik Cozakis y ella misma se encargaría de torturarlo, ya que realmente odiaba a ese hombre. Lo odiaba de verdad.

Aunque ya era inmensamente rico, la avaricia lo había hecho comprometerse a los diecinueve años con una chica regordeta que no tenía otro atractivo para él más que ser la heredera de la fortuna de los Manoulis. Nik Cozakis le había roto el corazón, destruido su orgullo y se había asegurado de que Spyros no la perdonara nunca ni a ella ni a su madre.

Pero tal vez su madre hubiera nacido bajo una estrella desafortunada. Durante los primeros veintiún años de su vida, Irini había estado inmersa en un mundo de dinero y privilegios. Luego había cometido el error fatal de enamorarse de un inglés. Se encontró con una fuerte oposición familiar, pero ella se fue a Londres para reunirse con él. El día antes de su boda, el padre de Olympia se había estrellado con su moto y se había matado.

Poco después, Irini había descubierto que estaba embarazada. Desde entonces no había habido vuelta atrás, estaba esperando un hijo y estaba soltera y no sabía hacer casi nada en la vida. Aun así, había criado sola a Olympia y a lo largo de su infancia ella solo podía recordarla con cara de agotamiento. Todos esos años de agotador trabajo físico habían arruinado su salud y debilitado el corazón.

Cuando Olympia fue lo suficientemente mayor para trabajar, las cosas fueron mejor. Durante unos años, habían sido felices en un pisito que les había parecido un palacio a las dos. Pero hacía año y medio, la empresa para la que trabajaba quebró y, desde entonces, ella solo había podido conseguir empleos temporales e incluso eso les estaba fallando recientemente. Habían tenido que marcharse del piso y sus ahorros habían desaparecido hacía ya tiempo.

El ayuntamiento las había realojado en un suburbio. A su madre le daban tanto miedo las pandillas de jóvenes desocupados que ya no se atrevía a salir de la casa y era como si se hubiera rendido y no quisiera vivir más.

Olympia creía que se estaba muriendo poco a poco. Siempre estaba pensando en el pasado, ya que el presente era demasiado desagradable.

Un apartamento barato y ruinoso en el que no se podían permitir tener calefacción ni teléfono ni televisión. Nada.

Si ella hubiera podido predecir el futuro hacía diez años, ¿habría tomado la misma decisión? ¡Seguramente ahora estaría casada con un magnate! Su madre podría haber disfrutado de nuevo de la seguridad y comodidades, antes de que su salud se viera arruinada del todo. Ahora sabía que, si hubiera tenido esa bola de cristal, se habría casado con un monstruo por su madre.

¿Y qué si Nik había tonteado con una preciosa modelo italiana no lejos de ella?

¿Y qué si Nik le había dicho a su prima segunda, Katerina, que ella era gorda, estúpida y asexuada, pero que valía su peso en oro?

¿Y qué si él fuera a serle infiel durante todo el matrimonio y se dedicara a ser un cerdo arrogante con el que fuera insoportable vivir?

¿Y qué si le dijo a la cara la mañana después de esa noche famosa que ella era una zorra y que él, Nik Cozakis, se negaba a casarse con las sobras de otro hombre?

Se detuvo delante de un escaparate y pensó que Nik debía de estar en Londres por la misma razón por la que estaba su abuelo. Había leído en la prensa que se iba a producir una reunión de magnates griegos con intereses en negocios británicos. Al contrario que Spyros, Nik tenía unas grandes oficinas en la City, donde debería estar en ese mismo momento.

¿Qué tenía ella que perder? Él seguía soltero. Y Spyros Manoulis nunca bromeaba con el dinero. Su abuelo pagaría millones de libras por verla casada con Nik Cozakis. Las personas no contaban para nada en eso, lo primero era unir los dos enormes imperios económicos. Y con eso, incluso ella podía ser capaz de hacer la última oferta. ¿Estaba loca? No, se lo debía a su madre. Irini había sacrificado mucho por ella.

Miró su reflejo en el escaparate. Una mujer morena de altura media, con una falda gris y una chaqueta vieja. Incluso con lo poco que comía, nunca sería delgada. Debía de haber heredado sus generosas curvas de su padre, ya que su madre era muy delgada. Bueno, pero valía su peso en oro, se recordó a sí misma. Y, si había algo en lo que Nik sobresaliera, era en su capacidad para aumentar sus ya importantes riquezas.

Nik estaba planeando un gran trato.

Había ordenado que no le pasaran ninguna llamada. Así que, cuando llamaron levemente a la puerta de su despacho, miró irritado a su ayudante británico, Gerry, cuando se acercó y le susurró algo al oído.

—Lo siento, pero hay una mujer que pide verlo urgentemente, señor.

—He dicho que no quiero interrupciones, sobre todo de mujeres.

—Dice que es la nieta de Spyros Manoulis, Olympia. Pero la recepcionista no está convencida de que sea cierto. Supongo que no lo parece, señor...

¿Olympia Manoulis?

Nik frunció el ceño. Ese nombre aún despertaba en su interior una cierta ternura a la vez que rabia. ¿Cómo se atrevía esa zorra a pretender verlo?

Se puso en pie repentinamente, y todos los demás hicieron lo mismo.

Se acercó a los ventanales y pensó que Spyros le había dicho que nunca la perdonaría, y era un hombre de palabra.

Incluso en esos momentos Nik se estremecía al recordar la humillación que había sufrido al verse enfrentado públicamente con el hecho de que su novia, supuestamente virginal, había salido con su coche con un amigo borracho y se había acostado con él. Era asqueroso. De hecho, solo recordarlo le hacía lamentar el no haber tenido la oportunidad de castigarla como se merecía.

–¿Señor...?

Nik se volvió.

–Que espere.

Su ayudante contuvo la sorpresa con dificultad.

–¿A qué hora le digo a su secretaria que la verá?

–Deje que espere.

Mientras pasaba la hora del almuerzo y empezaba la tarde, Olympia era consciente de que alguna gente pasaba con sospechosa lentitud por la zona de recepción y la miraba extrañada.

Mantuvo la cabeza alta aparentando indiferencia. Se dijo que había logrado entrar y que iba a aprovechar su oportunidad. Nik no se había negado a verla. Después de todo, tenía que intentarlo, él era su última oportunidad y tenía que tragarse el orgullo.

Justo antes de las cinco, la recepcionista se levantó de la mesa y le dijo:

–El señor Cozakis ha abandonado el edificio, señorita Manoulis.

Olympia se puso pálida. Luego recuperó la dignidad y se levantó. Mientras bajaba en el ascensor, decidió que al día siguiente haría lo mismo. Y al otro. Todos los días que fueran necesarios.

En el autobús, pensó que Nik ya no era el guapo adolescente del que una vez se había enamorado. Ahora era ya un adulto. Como su abuelo, no debía ver la necesidad de justificar su propio comportamiento. No le habían dicho que no la atendería. La había dejado concebir esperanzas. Eso había sido algo cruel, pero ella debería haber estado preparada para esa táctica.

A la mañana siguiente, Olympia tomó posiciones en la sala de espera de las oficinas de Nik tres minutos después de las nueve en punto.

Pidió verlo como el día anterior y la recepcionista no la miró. Olympia se preguntó si ese sería el día en que Nik perdiera la paciencia y haría que la echaran del edificio.

A las nueve y diez, Gerry Mardsen se acercó a Nik, que, como siempre, había empezado a trabajar a las ocho de la mañana.

—La señorita Manoulis está aquí de nuevo hoy, señor.

Nik se tensó casi imperceptiblemente.

—¿Tiene el archivo Tenco? —le preguntó Nik como si el otro no hubiera dicho nada.

El día continuó con Olympia esperando que su humildad impulsara a Nik a dedicarle cinco minutos de su tiempo. Para cuando terminó el día, la recepcionista le dijo de nuevo que Nik se había marchado y ella experimentó semejante oleada de frustración que hubiera querido gritar.

Al tercer día, Olympia deseó haberse llevado unos sándwiches de casa, pero eso habría despertado las sospechas de su madre.

Sorprendentemente, a mediodía, cuando volvió de una visita al cuarto de baño, se encontró con una taza de té y tres pastas esperándola. Sonrió y la recepcionista la miró conspirativamente. Para entonces, ella estaba convencida de que todo el mundo había pasado por allí para echarle un vistazo. Todos menos Nik.

A las tres, cuando ya había desaparecido lo que le quedaba de paciencia, la desesperación empezó a apoderarse de ella. Nik volvería a Grecia pronto y quedaría aún más lejos de su alcance. Tomó una decisión repentina y se levantó. Pasó por delante de la mesa de recepción y empezó a caminar por el corredor que daba a los despachos.

—¡Señorita Manoulis, no puede pasar ahí! —le gritó la recepcionista.

Pero ella sabía que, hiciera lo que hiciese, ya

estaba perdida. Obligar a Nik a enfrentarse a ella no era lo más adecuado. A ningún hombre le gustaba que una mujer se enfrentara a él. Podría reaccionar como un hombre de las cavernas.

Cuando estuvo delante de una de las puertas, unas manos masculinas la sujetaron por los brazos.

–Lo siento, señorita Manoulis, pero nadie entra ahí sin permiso del jefe –dijo una voz con acento griego.

–Damianos... –dijo ella reconociendo la voz del guardaespaldas de Nik–. ¿No podría mirar para otro lado solo por una vez?

–Vuelva a casa, por su abuelo. Por favor, hágalo antes de que se la coman viva.

Damianos dudó un momento y, sin pensarlo, ella aprovechó la oportunidad. Se soltó de repente y entró por la puerta.

Nik se levantó sorprendido de detrás de su mesa.

Olympia supo que tenía solo un segundo antes de que Damianos volviera a intervenir.

–¿Eres un hombre o un ratón que no se atreve a enfrentarse a una mujer? –le espetó.

Capítulo 2

OLYMPIA se dio cuenta de que se había pasado y Nik miró por encima de ella a su guardaespaldas con reproche.

—Lo siento —dijo ella.

—Damianos...

El hombre se dio cuenta de lo que le ordenaba su jefe y salió del despacho cerrando la puerta.

—¿Por qué te estás humillando de esta forma? —le preguntó Nik entonces.

—No lo he hecho.

—¿No? Si no fuera por el respeto que le tengo a tu abuelo, habría hecho que te echaran el primer día.

—Tengo una proposición para ti.

—No voy a escuchar ninguna proposición. ¿Cómo me puedes mirar a la cara?

—Es fácil, teniendo la conciencia limpia —respondió ella desafiante.

—Eres una zorra.

Sin dejarse afectar por esa acusación, tan lejos de la verdad, Olympia se sorprendió de que él siguiera necesitando castigarla tanto tiempo después de los hechos. Le pareció irónico el que al parecer hubiera causado más impresión en él con su aparente infidelidad que cuando se hicieron novios.

Ella se rió secamente.

—Llámame lo que quieras, pero de verdad que he venido aquí para ofrecerte un trato de negocios.

—Spyros Manoulis no te utilizará a ti como mensajera.

—Bueno... En este caso en particular, de los tres, parece que solo yo tengo el arrojo necesario para hacer esta aproximación tan directa. ¿Es que no puedes dejar de pensar en lo que pasó hace diez años para escucharme?

—No.

Olympia frunció el ceño.

—¿Por qué no?

Nik se limitó a mirarla fijamente.

—Mi abuelo sigue queriendo que tú te ocupes de sus empresas. Afrontémoslo... es lo que siempre ha querido él, lo mismo que tu padre. Yo solo era el nexo de unión. Yo no era nada importante, salvo como una especie de garantía.

—¿A qué viene todo esto ahora?

—Estoy dejando las cosas claras, ¿de acuerdo?

—No, no estoy de acuerdo. Sal de aquí.

–¡No me voy a marchar! –dijo ella apretando los puños–. Tú ya has tenido diez años de venganza.

–¿De qué me estás hablando?

–Si te casas conmigo, yo te lo cederé todo a ti.

Eso logró que él la mirara con atención.

–No me estoy refiriendo a un matrimonio normal –continuó ella–. Solo a uno que pueda satisfacer a mi abuelo. Yo no le importo tampoco lo más mínimo a él, así que no esperará mucho de ese matrimonio. Yo me quedaré aquí, en Gran Bretaña... lo único que necesito es algo con lo que vivir. A cambio, el imperio Manoulis será todo tuyo, sin tener siquiera que soportar que yo esté cerca.

Nik murmuró algo en griego.

–Nik, trata de entender que estoy desesperada, si no, no te estaría sugiriendo esto. Sé que tú crees...

–¿Cómo te atreves a venirme con semejante oferta?

–Yo...

Nik se acercó a ella y la agarró por los brazos.

–¿Estás loca? Debes de estarlo para venirme con esto. ¿Cómo puedes pensar por un momento que yo me casaría con una zorra avariciosa como tú?

–Tómatelo como un contrato de negocios, no como un matrimonio.

–¿Por parte de una mujer que fue a manosearse con uno de mis amigos como una prostituta callejera?

–No es que eso tenga importancia ahora, pero eso no sucedió, Nik...

Él la apartó asqueado.

–Te vieron. Me ofendes con esta oferta...

–¿Por qué? Si pudieras darle la espalda al pasado, te darías cuenta de que era esto lo que querías hace diez años, y más... ya que yo no voy a pretender ser tu esposa, vivir contigo o molestarte de alguna manera.

–Spyros te matará si sigues con esto...

Olympia rió secamente.

–Oh, seguro que no le gustan mis métodos, pero hace tres días que él mismo me dijo que solo ganaría su perdón casándome contigo... Así que no me parece que tenga muchas más opciones, ¿verdad?

–Tú ya elegiste hace diez años en ese aparcamiento.

Olympia pensó que aquello no tenía sentido. Bajó la mirada y entonces se dio cuenta de que se le había desabrochado un botón de la blusa, dejando a la vista la parte superior de sus senos. Con manos temblorosas, se lo abrochó. Nik bajó también la mirada.

–Me habría gustado tenerte antes... Si te hubiera tenido, tú no habrías estado tan desesperada como para ir a ese aparcamiento.

–No me hables así –murmuró ella.

–A ti te hablo como quiero. ¿O es que te crees que tienes la exclusiva de hacerlo directamente?

–No, pero...

–¿Crees que puedes venir aquí a pedirme que me case contigo y conseguir que te respete?

–Pensé que respetarías lo que valgo para ti económicamente.

–Estás jugando con fuego y no lo sabes. ¿Cómo estás de desesperada, Olympia?

Las rodillas le estaban empezando a fallar a ella.

Se dio cuenta de que algo había cambiado en Nik, pero no sabía qué.

–Mi madre no está bien...

–Oh, no me vengas ahora con una historia triste, por favor. ¿Por qué clase de idiota me tomas?

–Puede que ya me haya cansado de ser pobre, ¿qué te importa eso a ti?

–No me importa –respondió él–. Aun así, admito una cosa. Tienes más valor que cualquier otra mujer que haya conocido. Y debes estar realmente desesperada para venirme con esta proposición. Me lo pensaré.

La esperanza que ella sintió casi la hizo marearse.

–¿Pensabas que era imposible que rechazara

tu proposición si me venía envuelta en el imperio Manoulis? –añadió él.

–Tú eres un hombre de negocios, como mi abuelo. No tienes nada que perder y mucho que ganar.

–Mucho... –dijo él recorriéndola con la mirada.

Pero ella se dio cuenta de que, realmente, no la estaba viendo a ella, sino al poder que estaba a punto de conseguir.

–¿Cómo me puedo poner en contacto contigo? –le preguntó Nik.

Ella se tensó y lo que le quedaba de orgullo reaccionó.

–Te daré un número de teléfono, pero no es el mío. Me puedes dejar allí cualquier mensaje.

–¿A qué viene ese secretismo?

Olympia ignoró esa pregunta y le escribió el número de una vecina.

–Me marcho –dijo sabiendo que no le quedaba nada más que decir.

Nik se encogió de hombros.

Cuando salió del despacho, se cruzó con Damianos.

–No me ha comido viva –le dijo ella sonriendo débilmente, ya que ese hombre siempre le había caído bien.

–Lo hará. Pero eso no es asunto mío, señorita Manoulis.

Antes de entrar en su casa, se pasó por la de la vecina para decirle que Nik le iba a dejar un mensaje.

Pero tres días más tarde, él no la había llamado.

Una semana más tarde, Olympia estaba de vuelta del correo, donde había dejado otro montón de solicitudes de trabajo, cuando vio que la vecina la llamaba desde el otro lado de la calle.

Olympia sonrió y cruzó la calle.

—Han llamado esta mañana.

—¿Qué?

—Me han dicho que vayas esta noche, a las ocho, a su despacho.

Olympia tragó saliva.

—Gracias.

—¿Una entrevista de trabajo?

—Algo parecido.

—Bueno, yo me quedaré con tu madre. Sé que no le gusta estar sola después de anochecer.

Mientras se preparaba para la cita, Olympia se preguntó si su ex novio repararía en su aspecto.

¡Un novio que, cuando lo había sido, ni siquiera había tratado de propasarse con ella!

Lo cierto era que, después de ese desastroso viaje a Grecia, ella había perdido toda su confianza en sí misma.

Su madre le había enviado todos los años una tarjeta de felicitación a Spyros, incluyendo una foto de Olympia, a la que había llamado así por su abuela. Su abuelo no había respondido nunca, pero siempre había sabido dónde estaban viviendo. Cuando Olympia cumplió los dieciséis, llegaron noticias de Spyros. Una carta seca de tres líneas informándoles de la muerte del hermanastro de su madre, Andreas. La primavera siguiente, una carta igual de escueta invitaba a Olympia a Grecia para que conociera a su abuelo.

Había aceptado aunque la invitación no incluía a su madre, ya que ambas habían creído que lo haría en su momento.

Olympia no se había dado cuenta realmente de lo rico que era su abuelo hasta que la fue a recoger al aeropuerto una limusina con conductor para dejarla en una magnífica villa en las afueras de Atenas.

Nada más conocerse, Olympia se dio cuenta del desagrado de su abuelo al encontrarse con una nieta que solo entendía algunas palabras de griego. Y, a pesar de que Spyros hablaba bien el inglés, había sido un extraño para ella, un extraño seco y desagradable que le había dicho que no mencionara a su madre en su presencia. Pocas horas después de su llegada, Olympia estaba ansiosa por volverse a marchar.

Al día siguiente, Spyros la había mandado

de compras con la esposa de uno de sus colegas de negocios.

A ella le dio la impresión de que su abuelo se avergonzaba de su aspecto, pero la compra de una gran cantidad de ropa nueva y cara le había resultado muy excitante, aunque toda fuera tan conservadora, que a ella le pareció que estaba siendo cuidadosamente preparada para dar una buena impresión.

Al siguiente día, Spyros le dijo que había invitado a casa a algunos jóvenes por la tarde, para que pudiera hacer amigos de su edad. Mientras ella se preparaba en su habitación, llamaron a la puerta y una preciosa morena con enormes ojos castaños y expresión amigable asomó la cabeza.

–Soy Katerina Pallas. Mi tía te llevó de compras ayer –le dijo.

Pronto Olympia se hizo amiga de ella y le agradeció los consejos sobre qué ponerse y cómo comportarse.

Recordar esos primeros días en Grecia y lo inocente que había sido la hizo estremecerse. Se había visto rodeada de lobos sonrientes. Cuando le ofrecieron su amistad, ella creyó que era de verdad. Entonces no había sabido que Spyros había planeado hacerla su heredera ni que la posibilidad de que se casara con Nikos Cozakis había sido hablada mucho antes siquiera de que lo conociera... o de que los demás vieran en ello una amenaza y una fuente de celos.

Un hombre de seguridad la introdujo en el edificio Cozakis justo antes de las ocho esa tarde.

Todo estaba muy vacío y ella estaba muy nerviosa.

Llamó a la puerta del despacho de Nik y abrió con mano temblorosa.

Solo estaba encendida la lámpara de la mesa y por los ventanales se veían las luces de la City por la noche. Nik salió entonces de la oscuridad, vestido muy elegantemente con un traje gris.

—Ya veo que esta noche eres puntual y educada —dijo él.

Olympia se ruborizó. El equilibrio de poder había cambiado. Hacía una semana, ella había tenido la sorpresa de su lado y estaba suficientemente desesperada para hacerse oír. Pero ahora eso era el pasado. Estaba allí esa noche para oír la respuesta de Nik.

—¿Quieres tomar algo? —le preguntó él.

—Un zumo de naranja.

Nik se dirigió al mueble bar mientras ella admiraba sus gráciles movimientos.

—Siempre te gustó mirarme —dijo él sonriendo cuando le dio su zumo—. Como una lechuza.

Cada vez que te pillaba mirándome, tú te ruborizabas y apartabas la mirada.

Avergonzada por ese recuerdo, Olympia se encogió de hombros.

–Eso fue hace mucho tiempo.

Nik se sentó en el borde de su mesa, parecía completamente relajado y la saludó con el vaso.

–Eras una maestra de la actuación. Yo estaba completamente convencido de que eras virgen.

Ella se sintió incómoda. Lo que menos se hubiera esperado era que él se refiriera ahora a ese verano lejano.

–Bueno... –añadió él–. Solo tengo una pregunta que hacerte antes de que nos dediquemos a los negocios. Y tiene truco, Olympia.

–Entonces, no la quiero oír.

–Pero la tienes que responder con completa sinceridad. No te interesa mentir. Así que no me des la respuesta que crees que yo quiero oír porque puede que termines arrepintiéndote de ello.

Olympia le dio un trago a su zumo, tenía la boca muy seca.

–Esa noche, en el club, puede que me vieras con otra chica... Espero que no te esté avergonzando con estos recuerdos adolescentes.

–¿Por qué me ibas a avergonzar?

–Entonces deja que llegue al fondo del asunto que provoca mi curiosidad incluso ahora.

¿Te fuiste con Lukas en mi coche porque estabas borracha y molesta por lo que pensabas haber visto y él se aprovechó entonces de tu estado? ¿O...?

Olympia miró fijamente la lámpara de la mesa, llena de rabia y resentimiento. Deseó tirarle el zumo a la cara y luego golpearlo lo más fuertemente que pudiera. Diez años de castigo por un pecado que no había cometido... ¿Por qué iba a admitir las agonías por las que él la había hecho pasar esa noche? ¿Por qué humillarse más a sí misma con esa sinceridad? ¿Qué sacaba él haciéndole esas preguntas? ¡Cuando no se las había hecho en su momento! Ni había habido ninguna referencia a que ella lo pudiera haber visto con otra chica.

–¿O qué? –dijo ella en voz baja.

–O... ¿Te fuiste con él en mi coche porque pensaste que no te iban a ver o porque...?

–¡Me fui con él en tu coche porque me volvía loca! –exclamó ella desafiante.

Él la miró fríamente.

–¡Estás jugando conmigo para divertirte! –continuó ella–. Me vas a decir que no, por supuesto. ¡Realmente no sé por qué me he molestado en venir hoy aquí!

–Porque estabas desesperada –le recordó él.

–Bueno, entonces, ¿por qué no te has limitado a decirme que no? –afirmó ella perdiendo la paciencia y levantándose.

Nik se levantó también.

–No es necesario ponerse así, Olympia. ¿Por qué no dejas ese bolso y te vuelves a sentar?

Su acalorado rostro se acaloró más todavía. Se estaba cociendo viva dentro de la chaqueta, pero cruzó los brazos.

Nik se rió, cosa que ella encontró más enervante todavía.

–¿Qué te parece tan divertido?

–Siempre parecías tan tranquila... Pero ahora estoy viendo a la verdadera Olympia Manoulis. Airada, terca e implacable.

–Estas no son unas circunstancias normales. No presumas de saber nada de mí, ¡porque no sabes nada!

–Pero si no aceptas la carta que te ha tocado jugar, yo voy a romper la baraja –dijo él suavemente.

Olympia se dio cuenta entonces de que ella tampoco conocía a Nik Cozakis. Él extendió una mano y ella se quitó por fin la chaqueta y se la arrojó.

–Te gusta poner toda la carne en el asador, ¿no? Debería haber recordado eso.

Nik no hizo caso de ese comentario y dejó la chaqueta en una silla.

–Ahora siéntate para que puedas oír mis condiciones para ese matrimonio.

Ella se quedó helada y con los ojos muy abiertos.

–Sí. Lo que quieres está a tu alcance, pero puede que no quieras pagar el precio que te pido.

–¿El precio?

–Todo lo bueno tiene un precio, ¿o es que todavía no lo sabes?

Anonadada por el hecho de que él fuera a aceptar, Olympia no contestó enseguida.

–Estás extrañada... me sorprendes –admitió él–. La semana pasada parecías muy confiada en poder conseguir que yo accediera.

–Pues tú no me animaste mucho.

–Me he pensado mucho tu proposición. Creo que he de advertirte que soy implacable cuando negocio.

–Dime algo que no sepa.

–Tengo ciertas condiciones a las que vas a tener que acceder. Y aquí no hay posibilidad para ninguna negociación.

–Dime lo que quieres –dijo Olympia.

–Firmarás un contrato prenupcial.

–Por supuesto.

–Me pasarás todo a mí el día de la boda.

–Aparte de una pequeña...

–Todo. Yo te daré un sueldo.

–Pero eso no es lo que...

–Vas a tener que confiar en mí.

–Quiero comprarle una casa a mi madre.

–Naturalmente, yo no permitiré que tu madre sufra de ninguna manera. Si te casas conmigo, te prometo que vivirá con toda comodidad el resto de su vida. Yo la trataré como trataría a un miembro de mi propia familia.

Aquella era una oferta más que generosa y Olympia se quedó impresionada.

–Tu abuelo nació hace setenta y cuatro años –continuó Nik como si supiera lo que ella estaba pensando–. Es de una generación muy diferente. Tu nacimiento fuera del matrimonio fue una vergüenza enorme para él.

–Ya lo sé, pero...

–No, no lo sabes. Ni siquiera puedes empezar a entenderlo. Tu madre te trajo aquí y no intentó enseñarte lo que es ser griega. Permaneció muy apartada de la comunidad griega de Londres. No la estoy juzgando por eso, pero no me digas que entiendes nuestra cultura porque no es así. Los hombres griegos siempre han dado mucho valor a la virtud de la mujer...

–Nos estamos saliendo del tema –lo interrumpió ella–. ¿Qué decías acerca de que yo tengo que pasártelo todo a ti?

–Eso no es negociable. Lo tomas o lo dejas.

Olympia respiró profundamente.

–No me importa el dinero.

–Si no te importa, ¿por qué estás discutiendo? ¿Crees que mantendría a mi esposa en la penuria?

–No.

Él miró su reloj y luego a ella.

–Esto está progresando muy despacio, Olympia. ¿Puedo continuar?

Ella asintió.

–Tu creencia de que podemos casarnos y separarnos inmediatamente después de la ceremonia es ridícula. Tu abuelo no aceptará una pantomima de esa naturaleza. Ni yo esto dispuesto a engañarlo así.

Ella se tensó.

–¿Y qué me sugieres?

–Tú vas a tener que vivir en una de mis casas... Por lo menos durante un tiempo.

Ella pensó en su madre y asintió de nuevo.

–Y me darás un hijo y heredero.

Olympia parpadeó y se quedó boquiabierta.

–Sí, ya lo has oído –insistió él–. Yo necesito un hijo y heredero; y si tengo que casarme contigo, bien puedo aprovechar la oportunidad.

–¡Estás de broma!

Nik enarcó una ceja.

–El hijo y heredero es también algo no negociable. Y, a no ser que yo cambie de opinión en el futuro, una hija no será aceptable como sustituta. Lo siento si eso suena sexista, pero todavía hay un montón de mujeres por ahí que no quieren ocuparse de los negocios familiares.

Olympia se sentó en un sillón y lo miró como si fuera un bicho raro.

–Tú me odias, así que no es posible que quieras...

–No te equivoques, Olympia, soy un hombre muy práctico. Y, aunque no te tengo nada de respeto, concebir un hijo contigo debe de ser divertido.

–¡Tendrías que violarme!

–Oh, no lo creo. Más bien pienso que me suplicarás que me quede contigo, como han hecho todas las demás mujeres de mi vida. Créeme, soy muy buen amante. Te lo pasarás bien.

Olympia se levantó del sillón furiosa.

–Me has hecho venir para humillarme.

–Siéntate, Olympia, porque todavía no he terminado.

–¡Vete a...!

Se acercó a la silla donde él había dejado su chaqueta y la tomó.

–Si yo fuera tú, no presionaría así –dijo él en voz baja–. Te tengo donde quiero.

–¡De eso nada!

–¿Sabe tu madre lo de ese sórdido encuentro en el aparcamiento de hace diez años?

Olympia se quedó helada y muy pálida.

–Lección primera, Olympia. Cuando yo te digo que te tengo donde quiero, ¡escucha!

Capítulo 3

TÚ no... se lo contarías a mi madre.
Nik se acercó a ella y le quitó la chaqueta de las manos.

—No sabes qué sabe mi madre —continuó ella.

—¿Qué te crees que he estado haciendo esta última semana? Algunas averiguaciones. Tu madre era muy amiga de vuestra vecina de la dirección anterior, y es una mujer muy charlatana.

—La señorita Barnes no recordaría...

—Desafortunadamente para ti, ella recuerda muy bien, por la simple razón de que tu disgusto de ese verano de hace diez años fue una fuente inagotable de arrepentimiento para tu madre, y algo de lo que hablaron a menudo.

—No...

—Y tú ibas a su casa en busca de apoyo y a tomar el té, mentirosa. ¡Le mentiste acerca de la razón por la que rompimos el compromiso!

—No todo fueron mentiras, solo algunas verdades a medias. Yo no hice lo que crees que hice en ese aparcamiento, así que, ¿para qué mencionarlo?

Nik agitó la cabeza y suspiró.

–Te estás enfadando y, realmente, no es necesario.

–¿No es necesario? ¿Después de lo que acabas...?

–Si haces lo que te he dicho, no tienes nada que temer. Me llevaré a la tumba tu pequeño y sórdido secreto. De corazón, no me gustaría nada molestar a tu madre.

–¡Entonces no lo hagas!

–Me temo que hay un pequeño problema.

–¿Cuál?

–Que tengo una poderosa necesidad personal de venganza –admitió él sin más ni más.

–¡Y eso?

–Hace diez años me deshonraste. *Philotimo*... ¿Sabes lo que significa eso?

Olympia se puso pálida. Esa palabra no se podía traducir literalmente. Se refería a todos los atributos que hacen sentirse hombre a un hombre en Grecia. Su orgullo, sinceridad, su respeto por sí mismo y los demás...

–Ya veo que tu madre te ha contado algunas cosas de nuestra cultura –dijo él–. Quiero reparar mi honor. Tú me avergonzaste delante de mi familia y amigos.

–Nik, yo...

–Yo podría haber soportado saber que estabas viviendo en la miseria en cualquier parte del mundo siempre que no tuviera que verte o pensar en ti. Pero entonces apareciste aquí y me preguntaste si era un hombre o un ratón, así que descubrí... lo que tú también vas a descubrir cuando termine contigo.

–Me disculpé...

–Pero no lo hiciste en serio, Olympia.

–¡Ahora sí!

Nik se rio entonces.

–No te estás tomando en serio nada de esto –dijo Olympia–. Estás enfadado conmigo y me lo estás haciendo pagar. Me gustaría no haber venido...

–Seguro que sí. ¡Pero acepta que te lo has buscado!

–Todo lo que hice...

–¿Todo lo que hiciste? ¿Te has atrevido a pensar que me podías comprar con tu supuesta inocencia?

–Yo...

–Y lo que es peor, te atreviste a sugerir que yo, Nikos Cozakis, se rebajaría al nivel de engañar a un anciano a quien respeto solo por el beneficio económico. Ese anciano es tu abuelo, ¿es que no tienes ninguna decencia?

–No era así. Yo pensé...

–No me interesa lo que pensaste. Cada vez que abres la boca es para decir algo más ofensivo que lo anterior. ¡Así que mantenla cerrada! Tienes deudas, y las vas a pagar a través de mí.

–¿De qué me estás hablando?

–Lo que hiciste hace diez años le costó a tu pobre madre cualquier esperanza de reconciliación con su padre. Lo que hiciste hace diez años enojó seriamente a tu abuelo. Y, lo que me hiciste a mí, ya lo verás.

–Lo que pasó no fue culpa mía. Fue un montaje... dijo ella y se le saltaron las lágrimas.

–Me avergüenzas –dijo Nik–. Las mentiras no te van a proteger.

–¡Me estás asustando!

Nik la tomó las manos y la hizo levantarse.

–No puedes decir en serio todo eso.

–Sí. Pero no me gusta ver llorar a una mujer. Aunque sean lágrimas de cocodrilo –dijo él acercándose.

–Nik, no...

–Nik, sí. Pero te lo voy a enseñar a decir en griego y será tu palabra favorita.

De repente, él la besó ansiosamente.

Esa sensación la dejó anonadada por un segundo. Ella nunca antes había saboreado una pasión como aquella anteriormente. Todo su cuerpo se estremeció y se le escapó un leve gemido de respuesta. Luego, fue como si se derritiera y ansiara más. Le rodeó el cuello con los brazos y todos sus deseos reprimidos salieron a la luz con toda su fuerza.

Nik se apartó y le dijo:

—Estás ansiosa, ¿verdad?

Devastada por lo que acababa de pasar entre ellos, Olympia lo fue a golpear, pero Nik le agarró la muñeca.

—Esta clase de juegos no me excitan —le dijo él.

Olympia se apartó de él.

—Tú no se lo dirías a mi madre —dijo.

—¿Por qué correr ese riesgo? ¿Y destruir lo único que tienes tú que yo puedo admirar?

—¿Y qué es eso?

—El amor por tu madre, tú no quieres que sepa cómo eres en realidad.

Olympia sintió como él le ponía la chaqueta sobre los hombros.

—Tú no puedes querer casarte conmigo.

—¿Por qué no? Así conseguiré el imperio de tu abuelo y un hijo y heredero. Spyros tendrá un nieto, un consuelo que se merece de verdad, yo tendré una esposa que sabe cómo comportarse, que nunca me hará preguntas acerca de adónde voy o qué hago, porque tendremos un trato de negocios, no un matrimonio. Muchos hombres me podrían envidiar. Sobre todo porque yo no he tenido que hacer nada, ya que ella se me ha presentado en bandeja.

—Te odio... Nunca me casaré contigo, ¿me oyes?

—No quiero que me hagas una escena, Olympia. Me aburre.

–Canalla... ¿Qué estás haciendo? –le preguntó ella cuando él le tomó la mano y le separó los dedos.

–Aquí está tu anillo de compromiso. No el de la familia que me tiraste a la cara hace diez años. No te lo mereces.

Olympia se quedó mirando el solitario que adornaba el anillo.

–Un toque romántico que tu madre agradecerá, aunque tú no lo hagas.

Luego Nik se dirigió a una puerta que daba a otra habitación.

–¡No me puedes hacer esto, Nik!

–Damianos te está esperando en el coche abajo. Te llevará a casa. Que duermas bien. Te veré mañana.

Luego, la metió en el ascensor.

Una vez sola en él, Olympia se dio cuenta de que le dolía la cabeza y que estaba agotada.

De repente, se vio a sí misma como un pescador que hubiera preparado su cebo y que, de repente, se viera enfrentado a un enorme tiburón.

A la mañana siguiente, Olympia se despertó con la cabeza pesada. Cuando llegó a casa la noche anterior, su madre ya se había acostado y ella permaneció mucho tiempo despierta, dándole vueltas a la cabeza.

Lo cierto era que hacía diez años había caído en una trampa y su supuesta mejor amiga, Katerina, había respaldado la versión de Lukas de que ella había traicionado a Nik con él. Ella se había enfadado tanto al ver a Nik con esa hermosa modelo que había querido devolverle el golpe y vengarse. Pero ahora se daba cuenta de lo tonta que había sido al tratar de castigarlos. Aunque no sabía cómo podía demostrar su inocencia a la vista de las mentiras que se habían dicho, sabía que la actitud desafiante de ese día había ayudado a que la encontraran culpable. Y había dejado a Nik con un deseo de venganza que le había durado diez años.

Miró entonces el despertador y tragó saliva. ¿Por qué no la habría despertado su madre? Eran las diez y cuarto de la mañana. Salió de la cama y, cuando se dirigió al salón, oyó unas risas masculinas.

Se quedó boquiabierta al ver de quién se trataba. Irini Manoulis estaba tomándose un café con Nik, le apretaba la mano y, con la otra, se enjugaba las lágrimas. Unas lágrimas de alegría.

Nik estaba tan elegante como siempre y se le veía tan tranquilo, como si fuera un viejo amigo de la familia, con el que su madre hablaba en griego, mostrándose más animada de lo que Olympia había visto desde hacía años.

—Sonríe, cariño —le dijo él al ver su cara—.

Me temo que, cuando vi que seguías en la cama, yo estaba demasiado impaciente como para esperar más a compartir con tu madre las buenas noticias.

—¿Buenas noticias?

Irini la miró entonces y dijo:

—Olympia, ve a vestirte. Nik nos invita a almorzar.

Olympia salió de allí mareada como una borracha y, una vez en su habitación, se dejó caer en la cama. Estaba claro que Nik había ido a decirle a su madre que se iban a casar.

Un momento después, su madre entró en el cuarto.

—Nik está reservando mesa y yo he de cambiarme.

Luego, se sentó en la cama al lado de su hija.

—Oh, Olympia, estoy impresionada. Pero tan contenta, que no te puedo reprochar el que no me lo hayas contado. ¡Vaya un joven maravilloso que vas a tener por marido!

Luego, la abrazó mientras ella se quedaba helada pensando en que Nik le había cortado toda escapatoria.

—¿Hace cuánto que está Nik aquí?

—Lleva toda la mañana. Te habría despertado, pero teníamos tanto de que hablar... Me ha invitado a que vaya a vivir con vosotros, pero yo le he dicho que no. Cuando sea mayor...

¿quien sabe? Pero las parejas jóvenes necesitan intimidad y, si yo vuelvo a Grecia alguna vez, me gustaría que fuera porque mi padre me invitara. De momento, Londres es mi hogar.

–¿Qué te ha dicho Nik?

Irini se aclaró la garganta.

–Me lo ha contado todo, Olympia. Incluso me ha avergonzado con su sinceridad, pero te puedo decir que no me opongo en absoluto a que te cases con él.

–¿De verdad?

Su madre suspiró.

–Sé lo muy dolida que te sentiste cuando lo viste con otra chica... Los dos erais muy jóvenes y el matrimonio no se iba a celebrar hasta que él terminara sus estudios. Un compromiso de dos años pondría a prueba hasta al joven más decente.

–Solo estuvimos comprometidos dos meses.

–Sí, pero también tuvo mucho que ver el alcohol. A veces, cuando eres joven, es difícil mantener el control. ¿Quién lo puede saber mejor que yo misma? Los hombres tienen fuertes apetitos...

Olympia se mordió la lengua para no decir algo inapropiado.

–Tu abuelo le ha dicho a Nik que no debe haber ninguna intimidad entre vosotros antes del matrimonio –continuó su madre–. Después de lo que hice yo, tu abuelo no se quiere arriesgar a nada parecido. Por cierto, ¿dónde está tu anillo?

Olympia se levantó y sacó el anillo de un cajón.

–Le dije a Nik que habían entrado dos veces en la casa y él no quiere que pasemos una noche más aquí –dijo su madre con tono de admiración–. Es como un cuento de hadas... Nik y tú...

Diez minutos más tarde, Olympia salió de su habitación vestida con unos pantalones negros y una blusa suelta. Nik estaba en el salón, hablando de nuevo en griego por el teléfono móvil. Olympia lo miró enfadada. ¡Como un cuento de hadas! Ahora no había vuelta atrás. Eso le rompería el corazón a su pobre madre.

–Supongo que te crees muy listo –le dijo a Nik cuando él apagó el teléfono.

Nik la miró y respondió:

–Irini es feliz.

–¿Qué le has contado sobre nosotros?

Él se rio.

–El cuento requería a una pobre niña temerosa de contarle a su madre que estaba viéndose de nuevo con el hombre que, en su momento, creyó que le había sido infiel.

–No te voy a dar un hijo.

–No conseguirás el divorcio hasta que no lo hagas. Tú eliges.

Olympia se tapó la cara con las manos.

–Te odio.

–No enturbies las aguas con emociones, Olympia. Hemos hecho un trato.

–Lo has hecho tú.

–Para conseguir lo que quiero, ¿por qué no? Ahora vuelve a tu habitación y ponte algo más alegre. Este es el día de tu madre, no el tuyo. Puedes dejar que sea yo quien hable, pero tú tienes que sonreír y fingir que eres feliz.

–¿Y si no lo hago?

Nik la miró impacientemente.

–Lo harás. Por ella. Por cierto, anoche llamé a Spyros. No me preguntó nada, pero me dijo que le gustaba la idea y que creía que yo sería un marido excelente.

–¡Probablemente espera que me pegues todas las noches!

–Cuando tengamos el placer de anunciar tu primer embarazo, Spyros agradecerá que haya hecho algo mucho más agradable.

Almorzaron en uno de los restaurantes más caros de Londres y luego Nik las acompañó de vuelta a su casa, donde Irini se disculpó diciendo que se iba a echar un rato.

Una vez a solas, Nik le dijo a Olympia:

–Llévala a un especialista antes de la boda. Nunca pensé que lo pudiera decir, pero tu abuelo es terco hasta la crueldad. ¿No sabe cómo ha estado viviendo tu madre?

—No le interesaba saber cómo ni dónde estábamos viendo. Ni nada de nosotras. Nik, escúchame, por favor. ¿Cómo vamos a poder vivir juntos sintiendo lo que sentimos el uno por el otro?

—¿De dónde has sacado la idea de que vamos a hacer eso? —le preguntó él duramente—. ¿De verdad te crees que yo voy a querer vivir con una mujer como tú?

—No entiendo...

Nik rio secamente.

—Yo tengo algo de orgullo. Compartiré mi cama contigo, ¡pero nada más!

Capítulo 4

LA MAÑANA del día de la boda, Spyros
Manoulis llegó al apartamento de Nik.
Olympia no oyó su llegada y estaba buscando a su madre, por lo que salió de la habitación de invitados envuelta en una bata. Oyó la
discusión en griego y echó un vistazo. El rostro
de su abuelo estaba convulso por la emoción
mientras tomaba las dos manos de su madre.
Olympia se retiró por donde había llegado.

Se alegraba por su madre de que se estuviera
produciendo una especie de reconciliación,
pero su abuelo la había dejado para el último
momento y estaba segura de que era solo a causa de la boda.

Una semana antes, habían firmado el contrato prenupcial, cosa que ella no se había molestado en leer. Mientras su madre tuviera su futuro asegurado, a ella le daban igual los arreglos
financieros para ella. Ya tenía todo lo que quería y estaba dispuesta a demostrarle a su novio
que no era avariciosa.

Con un poco de suerte, cuando Nik se diera cuenta de ello, él también dejaría de serlo y pensaría que esa ridícula idea de concebir un hijo con ella era innecesario, ya que él solo tenía veintinueve años. Como solo había hablado con él por teléfono en las últimas dos semanas, había conseguido recuperar un poco la calma. Ahora estaba segura de que Nik se atendría a razones.

—Querida, lo siento, he perdido la noción del tiempo —le dijo su madre cuando entró en su habitación.

Olympia sonrió.

—Sabía que había venido mi abuelo y pensé que tendríais mucho de qué hablar.

De un día para otro prácticamente, su madre había cambiado mucho. Estaba comiendo mejor, durmiendo mejor y había recuperado el interés por la vida. Era cierto que seguía frágil, pero los especialistas le habían dicho que lo que necesitaba era una vida sin preocupaciones ni estrés.

—Estás preciosa. No me extraña que esta vez Nik esté ansioso por casarse contigo. Estoy segura de que él te devolverá la confianza en ti misma.

Cuando salió, su abuelo dijo que quería acompañarla al altar. Cuando entraron en la limusina, Spyros le dijo:

—He sido muy duro con tu madre. Pero lo

arreglaré a partir de ahora. Si quiere, se puede venir a vivir de nuevo conmigo.

—Muy bien —respondió ella fríamente.

—Eres una mujer muy terca, Olympia. Te pareces mucho a mi última y muy amada esposa, pero solo en eso.

—Gracias... creo.

—Realmente no quiero saber cómo habéis llegado Nik y tú a esto.

—Bueno...

—Pero siento que mi deber es advertirte de que puedes tener problemas con tu futura familia.

—¿Perdón?

—A los padres de Nikos no les ha gustado mucho esto, pero no me cabe duda de que, con el tiempo, lo aceptarán. Siento lástima por él. Era una familia muy unida.

Hasta que él decidió casarse con una zorra, pensó ella sintiéndose rechazada. En su momento, los padres de Nik le habían caído bien, lo mismo que su hermano pequeño, Peri, que solo tenía diez años entonces.

—Aunque deben de sentirse un poco aliviados por que él haya terminado su otra relación...

—¿Qué otra relación?

—Solo estaba pensando en voz alta.

Olympia pensó que Nik debía de haber tenido una relación con una mujer menos adecuada incluso que ella. Bueno, ¿y a ella qué le importaba?

La iglesia estaba llena de flores que dejaban su aroma en el aire. Nik se volvió desde el altar para verla acercarse, tan atractivo que cortaba la respiración. El corazón le dio un vuelco. ¿No lo había amado una vez? ¿No había sido ese su sueño? ¿Cómo había salido todo tan mal?

Se trataba de una ceremonia por el rito griego. El padrino de Nik llevaba la voz cantante en ella y los anillos fueron bendecidos e intercambiados. Luego les pusieron unas coronas de flores en la cabeza y bebieron del mismo cáliz.

Para cuando todo terminó, Olympia se sentía como una novia de verdad y muy confusa por la sensación.

Cuando salieron de la iglesia, dijo impulsivamente:

—No me esperaba algo como esto. Ha sido una hermosa ceremonia.

—Celebrar la herencia cultural de uno está de moda. Y también es una buena forma de personalizar la imagen empresarial.

Olympia se tensó.

—Pero creo que esta noche voy a disfrutar de mi novia —añadió él.

Ella se ruborizó y lo miró airada.

—¡No vas a disfrutar de mí!

Una vez dentro de la limusina, Nik la miró divertido.

–Lo digo en serio –le advirtió ella.

Él le agarró una mano y ella se soltó, pero él la tomó en brazos.

–¿Qué me decías?

–¡Que me sueltes!

–Cuando esté listo. Qué piel tan hermosa tienes...

El corazón le latió fuertemente a ella.

–¿Vamos ahora a la recepción?

–Gracias por recordármelo...

Sin soltarla, Nik tomó el teléfono del coche y habló en griego con el conductor.

Luego le dedicó de nuevo toda su atención a ella.

–Por favor, deja que me siente en mi asiento.

–Vas a tener que mejorar esa actitud, Olympia. No me gusta.

–¿Y crees que me importa algo lo que te gusta a ti?

–Te lo voy a enseñar gratis. Después de todo, espero disfrutar de los resultados. Y ahora, ¿dónde estábamos? –le preguntó él acariciándole la mejilla.

–Tienes una boca muy lujuriosa, Olympia...

Ella se estremeció y el calor le invadió el vientre. Todos sus sentidos se centraron en él y, lenta e inconscientemente, le puso una mano en el negro cabello, haciéndolo acercarse...

Nik recorrió su labio inferior con la punta de

la lengua y ella echó atrás la cabeza. El ansia iba creciendo en su interior y, cuando él le exploró la curva del seno a través del vestido y llegó al pezón, ella gimió y trató de tomar aire.

Nik se apartó entonces.

–Hacer el amor en un coche realmente te excita. O tal vez sea por mí esta vez, ¿tú qué opinas?

Ante esas palabras, Olympia recuperó el sentido y se apartó de él. En el incómodo silencio que siguió, Nik se rio.

–Tranquila, no pretendo consumar nuestro trato en el asiento trasero de una limusina.

Nik se comunicó de nuevo con el conductor. Olympia se dio cuenta de que se le había ocurrido la idea de hacer el amor con ella allí mismo.

Cuando llegaron al hotel donde se iba a celebrar la recepción, Olympia esta preparada para más sorpresas desagradables.

En una habitación preparada a tal propósito, Spyros Manoulis los esperaba junto con dos abogados. Todo se habló en griego y, mientras Olympia miraba sintiéndose muy incómoda, Nik y su abuelo firmaron varios documentos.

El anciano la llevó consigo antes de abandonar la habitación y le dijo:

–Quiero que sepas que esto no ha sido elección mía, Olympia.

Ella se ruborizó y se sintió intensamente humillada. Así que incluso él sabía que su nieta se iba a quedar sin su herencia con ese matrimonio. Avergonzada por ese conocimiento, volvió a la mesa y firmó rápidamente en la única hoja de papel que le ofrecieron y se sintió aliviada por que todo se limitara a eso.

A pesar de que su abuelo se lo había advertido, cuando Nik y Olympia les dieron la bienvenida a sus invitados, fue notable la helada reserva de los padres de él, Achilles y Alexandra. Estaba muy claro que no habían ido de muy buena gana a la boda.

A primera vista no reconoció al hermano pequeño de Nik, Pericles. Con veinte años de edad, era mucho más alto que ella. El joven le sonrió alegremente.

—¿Peri...?

—Ya hablaremos más tarde —respondió él sin dejar de sonreír.

—No habría reconocido a tu hermano —le dijo ella a Nik.

—Bueno, él tampoco te habría reconocido a ti, salvo como la chica amable que se dejaba ganar al baloncesto, así que deja intactas sus ilusiones.

Olympia se puso pálida. ¿Qué le habían contado que pasó en ese coche para que Nik no pudiera dejar de pensar en ello? Llevaban casados poco menos de una hora y él ya había hablado un par de veces de esa noche.

Se quedó helada de nuevo cuando se encontró con Katerina Pallas delante de ella, con la mano extendida, pero con un evidente aire de frialdad.

–Olympia...

Mientras observaba a la que fue una vez su supuesta mejor amiga, la mano de Olympia siguió en su sitio. El recuerdo de su rota amistad aún le dolía y nunca más había tenido una amiga tan íntima.

–Tal vez podamos hablar más tarde –dijo Katerina sonriendo y antes de alejarse.

–¿Cómo te atreves? –le dijo Nik al oído–. ¿Cómo te has atrevido a insultar así a un miembro de mi familia?

Olympia frunció el ceño.

–No me importa lo avergonzada que te puedas sentir por ver de nuevo a Katerina, ¡la tienes que saludar con el respeto y buena educación que se merece!

–No.

–¿Qué quieres decir con eso de no? –le preguntó él incrédulo.

–Que no estoy avergonzada y que nada me va a obligar a ser una hipócrita por Katerina. Así que mantenla apartada de mí. Ella es una gran mentirosa y puede que yo no quiera ser maleducada, pero puedo perder los estribos.

Sorprendido por su actitud desafiante, Nik no dijo nada más hasta que se sentaron a las mesas.

Si Nik se creía que se había casado con un felpudo, ya podía limpiarse los pies en otra parte. Iba a descubrir que no la podía obligar a muchas cosas, y eso no le iba a gustar nada. Incluso cuando ella había estado completamente enamorada de él, se había dado cuenta de su convicción instintiva de su superioridad masculina. Con toda la tranquilidad del mundo, él había dado por hecho que podía dictar la ley y que ella aceptaría naturalmente lo que él dijera.

—La verdad es que te prefiero sin maquillaje —le había dicho un día—. El aspecto natural...

Con lo que no logró que ella dejara de maquillarse.

—Eres demasiado joven para ir a clubes y no puedes beber. Tu abuelo no lo aprobaría, así que vas a tener que quedarte en casa.

—Entonces iré con Katerina.

—¡Ya te puedes olvidar de eso!

Esa había sido su única pelea, horas antes de la ruptura final.

Y entonces, animada por Katerina, Olympia había aparecido en la salida nocturna de los chicos y, ¿qué había descubierto? Exactamente la razón por la que su novio no quería que saliera.

Después de que terminara la comida, Nik la sacó a bailar.

—Creía que ahora nos íbamos a poner a romper platos, cosas tradicionales y demás —dijo ella.

–Sigue así y...

–¿Y qué harás?

–Ya lo averiguarás.

–Promesas, promesas. ¡Es una pena que nunca se te diera bien mantenerlas!

Él le puso una mano en la nuca y la besó repentinamente. Eso la pilló por sorpresa y no pudo hacer nada. Todo empezó a darle vueltas.

La entrada profunda de la lengua de él en su boca imitó otro tipo de posesión. Su habilidad erótica avivó sus sentidos y el corazón se le aceleró.

Cuando terminó la música, Nik le quitó lentamente las manos de los hombros y la miró con ojos brillantes.

–Me gusta cuando me agarras, Olympia.

Ella se olvido de que los estaban mirando y salió corriendo, pero se vio interrumpida por el hermano menor de Nik.

–Ya es hora de que conozca mejor a mi nueva hermana –le dijo Peri mientras la abrazaba levemente.

–Pero yo...

El joven la miró muy seriamente.

–Lamento que mis padres estén estropeando el día de tu boda.

Ella lo miró extrañada.

–No soporto la forma en que se están comportando y quiero que sepas que yo no siento lo que ellos.

–Gracias.

–Pero te agradecería que me dijeras lo que está pasando.

–¿Qué?

–Vamos, Olly –dijo Peri usando el apodo que le había puesto cuando era pequeño–. Hace diez años, yo era un niño, pero ahora no lo soy. ¿Por qué mi prima Katerina está actuando como si fuera tímida de repente y a qué viene todo ese secreto acerca de por qué rompisteis Nik y tú entonces? También me gustaría saber por qué mis padres me están avergonzando de esta forma hoy. Pero sobre todo, me gustaría saber por qué Nik les está permitiendo que te traten como lo están haciendo.

–Tal vez tus padres no aprueben mi procedencia –dijo ella desesperada.

Por suerte, Nik le había advertido de todo aquello. Naturalmente, Peri sentía curiosidad por saber lo que había detrás de tan malos sentimientos en su familia, pero a ella le habría gustado que no le hablara de ello.

–No están nada contentos, Olly –continuó el joven–. Mi madre no está llorando de alegría, precisamente, ¡solo porque tú eres hija de madre soltera!

A Olympia le molestó bastante saber eso.

–Y teniendo en cuenta lo que pensaba de la relación de Nik con Gisele Bonner, su actitud me sorprende más todavía –añadió Peri sin darse cuenta de que le estaba hablando de una relación de Nik de la que ella no sabía nada.

Ese nombre no significaba nada para ella, pero se dio cuenta de que haría mejor en no olvidarlo.

–¿Sabes, Peri? No es nada raro que a los suegros no les gusten las novias de sus hijos.

–Estás tratando de consolarme, pero te advierto que yo no me rindo fácilmente.

–Y yo no cedo fácilmente a mi novia, hermanito –dijo Nik rodeándola con la cintura y llevándosela de allí luego.

–Peri está hablando demasiado, y es muy indiscreto –dijo él.

Olympia se dio cuenta de lo tenso que estaba, pero no entendió la razón.

–No es verdad –dijo –. Y ahora perdóname.

Antes de que Nik pudiera hacer nada, escapó de sus brazos y se dirigió al aseo.

Estaba a poca distancia del cuarto de baño cuando se vio interrumpida por otra persona poco deseada.

–¿Olympia? –dijo Katerina cortándole el paso.

–¿Qué quieres?

–Antes éramos muy amigas –dijo la otra simulando sentirse herida.

–Guarda la actuación para alguien que no conozca tu idea de la amistad.

Katerina miró a su alrededor por si alguien las pudiera oír. Luego sonrió.

–Casi me morí del susto cuando fui invitada

a la boda. Pensé que podía ser una trampa, pero cuando Nik me saludó como siempre, supe que estaba a salvo.

—¿A salvo?

Katerina se rio.

—Es evidente que él todavía no sabe lo que pasó realmente hace diez años.

—¿De verdad?

Pero Katerina era demasiado inteligente como para dejarse engañar. Si Nik fuera consciente de las mentiras que había dicho su prima, se habría enfrentado a ella.

—Se habrían abierto las puertas del infierno si Nik supiera lo que me inventé sobre ti y el pobre Lukas. Así que, si se ha casado contigo sin saber la verdad, solo puede haberlo hecho para conseguir el imperio de tu abuelo. Sigues queriendo conseguir a Nik a cualquier precio, ¿no? ¿Es que no tienes nada de orgullo?

—El suficiente como para no estar aquí intercambiando insultos contigo —dijo Olympia empezando a volverse.

Pero Katerina no había terminado todavía y se rio.

—Vaya un cambio para Nik. ¡Supongo que esta noche tendrá que cerrar los ojos e imaginarse que tú eres Gisele Bonner!

Olympia se refugió en el cuarto de baño. Se sentía mal y las manos le temblaban. Katerina no había cambiado nada.

De cualquier forma, ella no quería que corriera el rumor de que el suyo era solo un matrimonio de conveniencia, ya que le podría llegar a su madre.

Salió del aseo y se dirigió a la mesa de honor. Nik estaba al otro lado de la pista de baile. Estaba buscando entre la multitud con el ceño fruncido. Nada más verlo, el corazón le dio un salto y un calor inesperado se encendió en su cuerpo.

Entonces, él la vio a ella y se dirigió hasta donde estaba.

—Ya es hora de que nosotros nos vayamos.

—Pero solo hemos estado un par de horas...

—Ya es bastante. Has hecho muy mal de novia.

—No sé de lo que me estás hablando...

—Sí, lo sabes.

—Lo lamento. Me esforzaré más.

—¿Por qué hacer el esfuerzo? ¿Crees que me importa lo que piense la gente?

—No me he concentrado en cómo debía comportarme. Créeme, lo puedo hacer mejor.

De repente, le pareció que la presencia de un par de cientos de invitados era la mejor protección del mundo y no podía entender cómo había sido lo bastante tonta como para causar el enojo de Nik fallando al comportarse como una novia normal.

—Demasiado tarde. Has tenido tu oportunidad y la has estropeado. Cualquier idea que pudiera tener yo de hacer de novio orgulloso ha desaparecido hace tiempo. Así que ve a despedirte de tu madre.

—Yo quería pasar un rato con ella.

—Difícilmente.

—Entonces iré primero a cambiarme...

—Sigue como estás. Tu equipaje ya está en el helicóptero.

—Pero yo tengo ropa para el viaje. Le di la maleta al conductor antes de abandonar tu apartamento esta mañana y le dije...

—Yo le dije otra cosa. Quiero ser yo el que te quite ese vestido de novia.

Ella lo miró echando chispas por los ojos.

—Pero ya te dije...

—¿Cuándo vas a escuchar lo que te digo yo a ti? En estos momentos, no soy el hombre más feliz del mundo.

—¿Y eso?

—Hace cosa de un cuarto de hora, vi como mi prima Katerina hacía una segunda intentona para volver a ser amiga tuya. Y también la vi alejarse llorando ante tu rechazo. Luego, dijo que se sentía mal para poder marcharse pronto sin causar comentarios.

Olympia se quedó anonadada. Estaba claro que Katerina iba a causarle problemas siempre que tuviera oportunidad.

—Nik, eso no es cierto. Yo no le dije nada...

–Te comportaste como una zorra y me avergüenzo de ti. Pero no te preocupes por ello. No te voy a dejar que te relaciones con la gente de nuevo.

–Nik, no estás siendo justo. Ella...

–No tengo interés en oír tus excusas. Nos vamos dentro de diez minutos.

–¿A dónde?

–A mi yate. Está en Southampton. Así que te sugiero que pases esos diez minutos con tu madre.

Olympia se acercó a ella. Estaba sentada con su padre. Irini parecía preocupada y Spyros se levantó y la miró como censurándola.

–Por suerte, tu comportamiento es ahora cosa de tu marido, pero deja que te diga que ninguna dama debe avergonzar en público a su esposo.

Olympia apretó los dientes. Miró dolida a su madre, que se levantó y abrazó a su hija.

–No dejes que tu orgullo se interponga entre la felicidad y tú –le dijo.

Por un momento, Olympia pensó que se estaba ganando la censura de todo el mundo y, cuando esa censura le venía también de su madre, a la que adoraba, le dolió realmente.

Se sintió atrapada. Su abuelo creía que era increíblemente afortunada por haberse casado con Nik y siempre se pondría del lado de él. A su madre solo le preocupaba la felicidad de su hija, pero estaba segura de que acababa de recibir una buena reprimenda. Mientras tanto, Nik echaba humo como un volcán por haber visto su supuestamente poco generosa reacción ante lo que debía dar por hecho que era una oferta de paz ofrecida por su prima. Y, sin importar lo que ella dijera o hiciera, él siempre la vería a ella como la mala.

Cuando Nik se acercó a ellos, privándola de los diez minutos que le había dicho, ella se sintió llena de resentimiento. Luego le entró el miedo al pensar que lo último que podría afrontar en ese momento sería verse a solas con su marido.

¿Y no era eso irónico? Hacía diez años, aquello era lo que más habría ansiado, estar a solas con Nik.

Capítulo 5

A LOS diecisiete años, Olympia se había enamorado completamente de Nik Cozakis y no se había creído la suerte que tuvo al ser aceptada en su selecto grupo de amigos, ya que no tenía nada en común con ellos y era muy tímida.

Ese verano en Grecia, ella había entrado en un mundo muy distinto del suyo habitual. Un mundo de adolescentes muy sofisticados, con coches muy caros y ropa de diseño. Luego, se dio cuenta de que la habían aceptado por su familia y de que muchos de ellos no tenían ni idea de cómo era la vida real. Pero Nik era distinto. No solo era atractivo, sino también mucho más maduro e inteligente que los demás.

Al principio de su relación, a ella no se le había ocurrido que el que él la llevara en coche a los sitios regularmente fuera a significar nada más que una demostración de su amabilidad. Entonces, Katerina le había dicho que su abuelo tenía intereses comerciales comunes con el

padre de Nik y Olympia se había sentido humillada al pensar que su abuelo tal vez le hubiera
pedido a Nik que cuidara de ella. Ella le había
dicho varias veces que podía cuidar de sí misma.

Ante su insistencia, un día, en una fiesta que
dio Lukas Theotakas en su casa, le hizo caso y
él la dejó sola y se dedicó a bailar con todas las
demás, cosa que, sorprendentemente, a ella le
fastidió bastante.

Lukas la encontró en la cocina.

–Ya veo que Nik tiene otras cosas que hacer
esta noche –le dijo al verla con los ojos rojos
de haber llorado–. Alguien debería haberte advertido de que a él le gusta la variedad. Pero se
me acaba de ocurrir una buena idea.

A Olympia nunca le había caído particular-
mente bien ese chico, pero no supo por qué hasta que fue demasiado tarde. Era uno de los me-
jores amigos de Nik, pero estaba celoso de él.
Nik era más rico, más atractivo y más popular.

–¿Una buena idea?

–¿Por qué no nos divertimos un poco tú y
yo?

–¿Qué clase de diversión?

Olympia sabía que a Lukas le gustaba Katerina. Esta flirteaba con él, pero se negaba a salir
con él.

–Sí, a mí también me interesaría saber la
respuesta a eso –dijo Nik desde la puerta.

Sorprendido, Lukas se volvió. Nik le dijo algo en griego y su amigo se puso colorado y los dejó solos.

—¿Qué le has dicho? —le preguntó Olympia sintiéndose incómoda.

—Que le voy a arrancar la cabeza si te vuelve a decir algo así.

Nik la agarró de una mano y la atrajo hacia sí decididamente. Luego la besó. Leve, cariñosamente, sin la pasión que ella se hubiera imaginado que debiera haber en su primer beso, pero aun así, fue como si el corazón se le parara por un momento.

—Eres mía —susurró él—. ¿Es que no lo sabes todavía?

—¿Tuya?

—Mi novia. Si no, ¿por qué te crees que he estado yendo contigo a todas partes?

—Yo creía que solo estabas siendo amable.

Nik se rio.

—Siempre hay una razón para ser... amable.

Cuando ella le dijo a su abuelo que estaba saliendo con Nik, Spyros sonrió ampliamente y, en ese momento, ella no lle dio importancia al hacho de que no se sorprendiera Ni tampoco sospechó nada de que su relación con Nik se limitara a salir en grupo. De alguna manera, ella se dio cuenta de la frialdad de su amiga Katerina, pero estaba demasiado enamorada como para prestarle atención a esas cosas.

Dado que solo llevaban saliendo seis semanas, se sorprendió mucho cuando Nik le pidió que se casaran.

–Tú me gustas de verdad –le dijo él una tarde que estaban en su Ferrari–. Creo que, cuando seamos mayores, nos puede ir muy bien juntos. Tú eres una persona verdaderamente cariñosa. Y te gustan los niños y esas cosas.

Pero lo cierto es que se lo dijo cuando le faltaban pocos días para la fecha señalada para el regreso a Londres de ella. No le había dicho que la amara, pero esa propuesta de matrimonio había animado a Olympia a darlo por hecho y también eliminó todas sus reservas.

–Por supuesto, he hablado con tu abuelo –continuó él–. Cree que tal vez tú seas demasiado joven, pero yo le he dicho que esperaremos a que yo termine mis estudios para casarnos.

Pero la serpiente entró en el Edén privado de Olympia en la gran fiesta que dio Spyros para anunciar su compromiso.

–Me alegra tanto que los padres de Nik me hayan aceptado... –le dijo ella a Katerina.

–¿Y por qué no lo iban a hacer? No se me ocurre nadie en esta fiesta que no quisiera una alianza con la heredera de la familia Manoulis.

–¿Qué quieres decir?

–¿Es que no te cansas de hacer el papel de la pobre huérfana que no tiene donde caerse muerta? ¡Todo el mundo sabe que Spyros te va a dejar todo a ti!

A la mañana siguiente, Olympia habló de eso con su abuelo.

–Sí, es cierto. ¿A quién más tengo? –le dijo él–. ¿Crees que te voy a dejar unirte a la familia Cozakis solo con lo puesto? ¿Crees que al padre de Nik le gustaría ver a su primogénito atarse tan joven sin algo que dulcifique un poco el trago?

–Pero... pero...

–Yo soy un hombre hecho a mí mismo, Olympia. No tengo ancestros ilustres. La familia Cozakis puede estar en la cima de la sociedad, pero yo puedo estar a la par de ellos en cada dracma o petrolero que tengan –dijo su abuelo muy satisfecho.

–Estoy segura de que puedes.

Olympia vio que, de repente, su compromiso estaba adquiriendo otra dimensión. Una dimensión económica. ¿Un acuerdo comercial?

–Me siento orgulloso de poderte dar una dote que te ponga a su nivel. Es un buen matrimonio para ambas familias. Yo necesito que alguien se haga cargo de mis empresas cuando me retire y no se me ocurre ningún otro joven más prometedor que Nikos Cozakis. Y ahora, en vez de hacernos la competencia, el padre de Nik y yo trabajaremos juntos.

Esa misma mañana, Katerina fue a la casa

para disculparse por su actitud de la noche anterior y la encontró pensativa.

—Una dote, por Dios —gimió Olympia—. ¡Esto es peor que en la época medieval! ¿Por qué no me lo ha dicho nadie antes?

—Las mujeres no se suelen meter en esas cosas. Pero, en nuestro mundo, el dinero se casa con el dinero —dijo Katerina encogiéndose de hombros—. ¿No te das cuenta de la suerte que tienes? ¡No eres precisamente Elena de Troya, pero tienes a Nik!

¿Pero lo tendría si no fuera la heredera de los Manoulis? Ese miedo le produjo una nueva inseguridad. Su idea de que le importaba realmente a Nik le estaba empezando a parecer muy inocente. Quiso que Nik se lo asegurara más, pero no le habló de la gran dote que iba a aportar. Temió verse ante la posibilidad de una desagradable verdad. De cualquier manera, esa desagradable verdad se fue abriendo camino en su mente...

Nik no le había dicho nada de amor y no parecía querer estar a solas con ella.

Cuando una noche le pidió una explicación por ese comportamiento tan contenido sexualmente y si era porque él era virgen igual que ella, Nik estalló airado, como si hubiera insultado su masculinidad.

—¡No seas tonta! ¿De dónde has sacado semejante idea?

Ella se ruborizó y musitó:

—Yo solo me preguntaba... Quiero decir... Bueno, ya sabes... me preguntaba por qué tú y yo no... Bueno, ahora que estamos comprometidos...

—Hemos de esperar a la noche de bodas porque yo te respeto como a mi futura esposa —respondió él secamente—. Si fueras griega, no tendría que decirte esto.

Ella no lo miró. Por primera vez, él le pareció un desconocido y la estaba haciendo sentirse como una pelandusca, por mucho que su mente le dijera que tenía derecho a hacerle esa pregunta.

—Estoy empezando a preguntarme qué está pasando aquí. Tal vez esté equivocado. ¿Tú eres virgen, Olympia?

—Sí —respondió ella avergonzada.

—Esto es una locura —dijo él tomándole las manos—. Eres tan tímida que no me esperaba que te pusieras a hablar así y, por un momento, me ha hecho sospechar. No quiero que nadie más te haya tocado...

—Supón... supón que esperamos, que nos casamos y que descubrimos que no nos gustamos en ese aspecto...

Nik la soltó con cara de susto.

—¡No seas ridícula! ¿Qué te pasa hoy?

Lo cierto era que a ella no le apetecía nada ser tratada como una virgen intocable hasta que, cuando él quisiera, le dijera que sí, que entonces podían tener sentimientos sexuales porque estaban casados. Él no era su dueño. Pudiera ser que ella lo amara. Pero no era su dueño.

Olympia alejó esos recuerdos de su mente cuando el helicóptero empezó a descender sobre Southampton.

Cuando aterrizó sobre el helipuerto del yate de Nik, Olympia se quedó impresionada del tamaño del barco. A Nik siempre le había gustado mucho el mar, pero diez años atrás, no había compartido ese interés con ella. De hecho, nunca la había llevado a navegar.

Cuando trató de salir del helicóptero con el incómodo vestido de novia, Nik la tomó en brazos y la metió dentro de la cabina.

Un hombre mayor con uniforme de capitán, les dio la bienvenida con una amplia sonrisa. Nik le presentó a Olympia después de dejarla en el suelo. El interior del yate era tan lujoso como cabía esperar y él la condujo hasta el salón principal.

Nik le explicó que el barco estaba pensado para ofrecer todas las comodidades de una casa y así él podía vivir y trabajar en él por largos periodos de tiempo.

—Mañana te enseñaré todo el barco, si quieres —le dijo.

Luego la miró de arriba abajo y añadió:

—Eres una novia preciosa.

—¡Por favor! Guarda esos cumplidos para las demás.

—¿Perdona?

—Ya me has oído —respondió ella mirándolo desafiante.

—Hoy tú te has transformado en mi esposa...

—Sí, pero no es necesario para mí compartir la cama contigo.

—Muy bien —dijo él secamente y se alejó de ella—. ¿Vienes?

—Oh...

Así que ahora iban a alguna otra parte, pensó ella.

—No vas a poder volver a cambiar de opinión —le dijo él cuando lo alcanzó.

Se dirigieron de nuevo a la cubierta donde había aterrizado el helicóptero. Había tres hombres trabajando en él y, cuando los vieron, el piloto se les acercó.

Nik le dijo algo en griego, el hombre puso cara de sorpresa y asintió. Luego volvió al helicóptero a darles instrucciones a los demás.

—Vamos a ver lo valiente que eres —le dijo Nik a ella—. Vas a ser el hazmerreír de la gente.

—¿A qué te refieres?

—Si te devuelvo a Londres y te arrojo a los pies de tu abuelo, eso sorprenderá a muchos de nuestros invitados, pero divertirá a los demás.

Aunque he logrado mantener alejada a la prensa, semejante noticia daría la vuelta al mundo en titulares. Tu madre y tu abuelo se quedarían pasmados, pero se darán cuenta de que estoy en mi derecho de devolverles a una novia que se niega a consumar el matrimonio.

Olympia no pudo dar crédito a sus oídos y lo miró boquiabierta. Él no había levantado la voz ni se le notaba enfadado. Simplemente hablaba como si le estuviera describiendo algo inevitable.

—No puedes decirlo en serio.

—¿Y por qué no? Estás tratando de engañarme a pocas horas de la boda. Hemos hecho un trato y ahora estás intentando echarte atrás. Pero te has equivocado de hombre.

—No te permitiría humillarme de esa manera.

—Te llevaría a rastras.

—Estás loco, sería medieval montar una escena así delante de todo el mundo. ¡No te atreverías!

—¿Y qué tendría que perder? Si tú rompes los términos de nuestro acuerdo, yo también me vería en las últimas. Soy mejor ganando que perdiendo.

—Todo esto es una locura —dijo ella tratando de apelar a su racionalidad—. Así que me quedaré a bordo y haré como si todo fuera normal en el matrimonio. ¿Quién va a saber que no es así?

—No tengo tiempo para hablar con tramposas.

–No estás siendo justo.

–¿Cuándo he dicho yo que juegue limpio?

–Tú me obligaste a aceptar las condiciones de este matrimonio. Me chantajeaste amenazándome con contarle a mi madre...

–Ya lo sé. Pero primero hablemos de tus pecados. Tú viniste a mí y me suplicaste que me casara contigo.

–¡No supliqué!

–Sí.

–No tiene que ser así entre nosotros.

–A mí me gusta así –la contradijo él sin dudar.

Olympia miró al helicóptero, pero luego se volvió y se dirigió de nuevo al salón principal. Por fin, dijo:

–Me gustaría ver mi habitación.

Nik apretó un botón para llamar al servicio. Se presentó un camarero y ella lo siguió.

Cuando llegó a su habitación, vio con alivio que, al parecer, Nik no pretendía compartirla con ella.

En un gran espejo vio escritas unas palabras.

¡Compite si puedes!

¿Competir con qué?

Pero entonces vio la revista del corazón que había abierta debajo. Una página a todo color con una sola foto de una preciosa rubia. Por lo que decía, se trataba de Gisele Bonner. Olympia se estremeció. Deseó limpiar el mensaje del espejo y tirar la revista a la basura sin leerla.

Se apartó de la foto como si quemara, pero al final no pudo resistir y leyó lo que ponía en ella. Se trataba de un reportaje sobre la famosa modelo y acompañante del magnate griego Nik Cozakis. Tenía treinta y dos años y decía que nunca se casaría porque amaba su libertad y no podía soportar a los niños. Detrás, había una foto de los dos en el festival de Cannes, con ella pegándose a Nik como una boa constrictor.

Oyó un ruido tras ella. Sorprendida, se volvió y vio a una joven doncella en la puerta, mirando lo que había escrito en el espejo. Empezó a hablar en griego como disculpándose. Al parecer, temía que le echaran la culpa a ella del mensaje. Se acercó y limpió el espejo con una toalla.

Olympia trató de tranquilizarla con unas palabras en su griego básico y se metió en el baño. ¿Por qué se sentiría tan mal? Cuando la doncella se llevó la revista, ella suspiró. Así que Gisele tenía gente a bordo del yate. Alguien de la tripulación debía de haber dejado el mensaje y la revista. Entonces recordó lo que le había dicho Katerina sobre Gisele ese mismo día. ¿Sería posible que hubiera sido Katerina y no Gisele la que quisiera molestar a la novia de Nik en su noche de bodas?

¿Y qué mujer podría competir con la que aparecía en la revista?

Por suerte, ella no era competitiva. La ex novia de Nik no era asunto suyo, así que no quiso perder más tiempo pensando en quién podía haber sido el responsable de ese desagradable mensaje.

Empezó a quitarse el vestido de novia y se desabrochó la cremallera.

Estaba a medias cuando oyó abrirse la puerta. Se volvió dispuesta a regañar a quien fuera mientras se sujetaba el vestido por delante con las manos. Si no lo hubiera hecho, habría quedado desnuda hasta la cintura.

Nik estaba dentro de la habitación.

A ella se le secó la boca y se le quedó la mente en blanco.

—He venido para preguntarte si vas a cenar conmigo —dijo él en voz baja.

Capítulo 6

A CENAR? –le preguntó ella agitadamente.
–Dentro de un cuarto de hora.

Él la estaba mirando muy atentamente e, in-
voluntariamente, Olympia hizo lo mismo. Estaba sensacional, esbelto y elegante como un feli-
no con su traje oscuro impecablemente cortado.

–Quince minutos... –repitió ella tratando de
concentrarse mientras él cerraba la puerta.

–Pero en este momento, comer es lo último
que tengo en mente –afirmó él.

–¿Perdón? –murmuró ella con las rodillas
temblándole.

–Pareces una princesa pagana...

Sorprendida, ella se miró al espejo. Se había
olvidado de que tenía el cabello suelto, que le
llegaba a la cintura, un hombro desnudo y el
otro tapado. El valle entre sus senos acentuado
por los brazos cruzados.

–Mírame –le ordenó él.

Ella lo hizo sin querer y se sorprendió al ver

el deseo reflejarse intensamente en la mirada de él.

—Vete.

—¿De verdad crees que estoy dispuesto a sentarme y cenar en este estado?

Nik se quitó la chaqueta y luego la corbata.

—Ni tú puedes ser tan cruel —añadió.

—¿Yo? ¿Cruel?

Mientras tanto, ella observaba atontada como él se iba desabrochando la camisa.

—Vamos a dejar las cosas claras. Hace diez años, cuando tú jugabas a hacerte la virtuosa y presumías de tu inocencia a cada oportunidad que se te presentaba, para mí era una completa agonía. ¡Estaba lleno de un deseo insoportable y no podía hacer nada al respecto! ¿No te dice eso nada?

Ella lo miró pasmada por que él la hubiera encontrado atractiva en esos días. Eso iba en contra de todo lo que había creído hasta entonces.

—Me mantenías constantemente excitado. No podía dormir cada vez que estaba contigo. Mis fantasías sobre lo que íbamos a hacer cuando nos casáramos incluso me avergonzaban a mí mismo. No estaba acostumbrado a tener una relación sin sexo y fue un tormento. Algo realmente doloroso.

—No. Tú no podías sentir eso...

—Y no pretendo sufrir de nuevo de la misma

manera –añadió él mientras se acercaba y la ro-
deaba por detrás con los brazos–. Porque tú
también me deseas.

–¡No!

Él bajó la cabeza y apretó los labios contra
su hombro, algo que incendió el cuerpo traidor
de ella.

–¿Qué sentido tiene mentir ahora acerca del
pasado?

–¡Yo no miento!

Nik la siguió besando hasta detrás de la ore-
ja y a ella le temblaron las piernas.

–Necesito oír que tú también ardías por mí.
Que solo te contuvo el temor a que no me casara contigo o que pudieras perder tu preciosa herencia.

Olympia se estremeció violentamente y se le
escapó un gemido.

–Olympia...

Ella cerró los ojos fuertemente, tratando de
controlarse. Pero, aun así, la tentación pudo
con ella. En ese momento, no hubo nada más
importante que la sensación del cuerpo de Nik
pegado a ella.

–Te has equivocado en todo –dijo ella.

–No me he equivocado en nada. Hace diez
años, tú jugaste conmigo.

Cuando él le apartó los brazos, ella no se re-
sistió. Apenas pudo respirar. Cuando volvió a
abrir los ojos, vio en el espejo sus senos desnu-

dos. La vergüenza y la excitación se apoderaron de ella a la vez. Ningún hombre la había visto así hasta entonces, pero eso era algo que ella nunca había querido proclamar.

–Espectacular –dijo él sinceramente.

Ella observó entonces cómo Nik le abarcaba con las manos los amplios senos que ella siempre había despreciado.

Estaba claro que Nik le gustaban sus curvas lujuriosas y empezó a acariciarle los pezones con los pulgares.

–Nik...

–Sí, Nik... –repitió él.

Con mano segura, él le quitó el vestido y lo dejó en el suelo a sus pies. Ella se vio entonces con las medias blancas de seda, el liguero azul y las bragas que le había regalado su madre.

–Definitivamente, ha merecido la pena esperar diez años, *yineka mou* –dijo él tomándola en brazos y besándola antes de dejarla sobre la cama–. Ahora dime que no me deseas.

Pero ella no lo pudo hacer.

–No puedo –murmuró, sorprendida por el poder de lo que estaba sintiendo.

Nik sonrió de una manera que hizo que el corazón le diera un vuelco. Luego, se quitó la camisa revelando su magnífico torso del color del bronce. Unos rizos oscuros adornaban su pecho y le bajaban por el vientre. Ella contuvo la respiración cuando se bajó los pantalones. Al contrario que ella, él no parecía nada inhibido y se movía con la armonía de un atleta. Le gustó mirarlo; siempre le había gustado hacerlo.

¿Cómo podía haberla atraído algún otro hombre después de Nik?

Él la había traicionado y, seguramente, lo volvería a hacer, pero eso no le importaba en ese momento.

—¿Por qué te has quedado tan callada? —le preguntó él.

Olympia se dio cuenta entonces de que se había quedado desnudo del todo. Todo sobre lo que siempre había sentido curiosidad lo tenía a la vista. Se quedó pasmada por su enorme tamaño.

—¡Cualquiera diría que no has visto nunca a un hombre desnudo! —dijo él riendo—. ¿O es que descubriste hace ya tiempo que a algunos hombres les gusta que te hagas la tímida?

—¡Eso no tiene gracia!

Nik se tumbó a su lado y la tomó en sus brazos.

—Me he pasado, pero aquí hay algo que no entiendo.

Ella pensó que estaba más nerviosa de lo que él se había esperado. Nik se recostó contra las almohadas y la llevó con él; sus senos apretados contra su pecho.

—En la cama no soy un monstruo —murmuró él.

–¿No?

–No, así que deja de temblar.

La besó apasionadamente. Luego, pasó los labios a uno de sus pezones y ella tragó saliva.

–Quiero que esto te guste –dijo él–. Quiero que sea lo mejor que hayas hecho nunca.

La sensación de las manos de él sobre los senos y sus expertas caricias la volvían loca. Luego él le metió la mano por dentro de las braguitas y ella casi se desmayó de placer.

–Por favor –gimió.

Entonces él dijo algo en griego.

–¿Nik?

La lujuria velaba su mirada. Le quitó la última barrera de ropa y sus dedos encontraron los húmedos rizos de su pubis. Ella se retorció ante esa exploración tan íntima. El fuego que sentía en su interior era terrorífico ahora. No podía respirar, hablar ni nada que no fuera sentir.

Como un dios oscuro, Nik se tumbó sobre ella entre sus piernas abiertas.

–Estás tan ansiosa, tan fuera de control... ¡Ahora sé por fin lo fácil que debió de ser para Lukas tomar lo que debió ser para mí!

El tono de su voz más que las palabras fue lo que hizo que ella abriera los ojos. pero de todas formas, no había entendido todo lo que le había dicho él.

–¿Qué pasa? –gimió.

–Nada. Eres una compañera perfecta. Caliente y ansiosa.

Luego, le metió las manos por detrás y la penetró de un poderoso empujón. Un segundo más tarde, ella sintió un agudo dolor y se le escapó un grito.

Nik se quedó quieto, se levantó sobre ella y maldijo en griego. Luego la miró intensamente.

–¡Esto no puede ser!

El dolor ya se le estaba pasando a ella y pudo relajar los tensos músculos.

–¡No puedes ser virgen!

–Nik, por favor...

Él apretó los dientes y siguió moviéndose. La sensación fue tan placentera que a ella se le escapó otro grito. La tormenta de deseo continuó como si no hubiera habido interrupción alguna.

Y aquello fue como ella nunca se lo había imaginado. Atrapada en el ritmo primitivo que él dirigió, se sintió cada vez más excitada y el placer cada vez alcanzó más altura. Cuando llegó a la cima, se estremeció oleada tras oleada.

Después, se quedó simplemente anonadada. Estaba muy cerca de Nik, con una curiosa sensación de paz y tranquilidad. Él le dio un suave beso en la frente, como una caricia. Le gustaba tanto estar en sus brazos... en esa intimidad que no había conocido antes... De repente recordó que Nik se había dado cuenta de que él era su primer amante. Ella no había pensado en la posibilidad de que eso pudiera cambiar su relación. Pero se le ocurrió que ahora Nik aceptaría que ella no lo había engañado con Lukas diez años antes.

Nik hizo entonces un movimiento súbito que la pilló por sorpresa y se levantó de la cama. Tomó la botella de champán que había en una cubitera con hielos y la descorchó.

—Sorpresa, sorpresa. Y, por supuesto, tú no me previniste de que iba a ser el primero. Sin duda, te imaginaste que, al ser virgen, técnicamente hablando, eso lo dejaba todo claro —dijo él sirviendo solo una copa.

Olympia se sentó y se tapó con la sábana, desconcertada por lo que él acababa de decir.

Nik se tomó el champán de un trago y dejó la copa vacía sobre la mesa para mirarla a ella a continuación.

—No me extraña que estuvieras tan callada en la cama. ¿Creías que ahora me iba a arrojar a tus pies suplicándote que me perdonaras?

—La verdad es que no sé de lo que me estás hablando.

—Esto no cambia nada. Está claro que Katerina os interrumpió a Lukas y a ti antes de que os pudierais aprovechar de vuestro sórdido encuentro. Pero eso no hace que tú seas inocente. Aun así me traicionaste y deshonraste. ¡Te comportaste como una zorra sin remordimientos!

A Olympia la afectó mucho esa nueva interpretación de los hechos y, por primera vez, se dio cuenta de una posible realidad.

—Tú me odias de verdad —susurró.

—¿Y qué te esperabas después de lo que hiciste? Nos cubriste de vergüenza a todos.

—Pero tú... acabas de hacer el amor...

—¿Crees que esto ha sido hacer el amor? Solo he consumado nuestro trato, Olympia. Aún me sigues volviendo loco de excitación, pero lo que hemos compartido ha sido sexo. Y, como te prometí, los dos hemos disfrutado de la experiencia, pero no busques más que eso de mí. Ahora tienes el mismo aspecto que cuando te pillaron con Lukas. No tienes ninguna lealtad y menos principios. Eso es lo que menos me gusta de ti.

Olympia levantó la barbilla y murmuró fríamente:

—Espero haberme quedado embarazada. Todo esto eme parece muy aburrido. Aquí estás tú, con veintinueve años, y sigues atado a un pasado que yo dejé atrás hace años, junto con otras cosas infantiles.

Nik la miró furioso.

—Ten cuidado con como peleas, *pethi mou*. Ya ha sufrido por ti demasiada gente y no tengo la menor intención de que lo vuelvas a hacer.

Él abandonó la habitación. Ella se levantó, recogió toda la ropa que se había dejado y la tiró por la puerta. Se quedó en medio de la habitación, desnuda y temblando. Tiró de la sábana y se envolvió en ella. Luego, se sirvió una copa de champán para ver si se tranquilizaba.

Pero ni aun así pudo evitar recordar el día, hacía diez años, en que se había complicado todo.

Esa mañana, Katerina le había pedido que fuera de compras con ella.

—No me puedo creer la forma en que te manda Nik —le dijo Katerina mientras se tomaban un café—. Por ejemplo, los planes que tiene para divertirse esta noche. Si yo estuviera comprometida con un tipo tan atractivo como él, no lo dejaría ir a un club nocturno sin mi.

—No quiero que Nik piense que estar comprometido signifique que me tiene que llevar a todas partes.

—¿A todas partes? Ya te deja en tierra cuando se va a navegar. También cuando se va a París a ocuparse de alguno de los negocios de su padre. ¿Por qué no les damos una sorpresa a los chicos esta noche? Podemos ir al mismo club y ver lo que hacen sin nosotras.

Al principio, la idea no le hizo mucha gracia a Olympia. Cuando Nik la fue a ver esa tarde, ella le pidió ir con él. Cuando él se negó, le dijo que saldría entonces con Katerina.

–De eso nada –respondió él–. A su familia tampoco le gustaría. Solemos ir en grupo a los clubs y así cuidamos los unos de los otros.

–Pero acabas de decirme que no puedo ir contigo esta noche.

–Es una fiesta de chicos, ¿de acuerdo?

Eso fue lo que produjo su primera discusión. Después, Olympia llamó inmediatamente a Katerina para aceptar su idea. Al principio, pareció algo divertido, pero cuando el taxi las dejó en el club, lo que más quería Olympia era arreglar las cosas con Nik.

Se encontraron a Lukas sentado solo a una mesa con las llaves del coche de Nik delante. Cuando Olympia le preguntó sorprendida dónde estaban los demás, él murmuró algo sobre que se habían ido a una fiesta a otro sitio.

Olympia apenas se había sentado cuando Katerina exclamó:

–¡Oh, no!

Siguió la mirada de Katerina y vio a Nik apoyado contra una columna, abrazando a una risueña rubia, mostrando un entusiasmo que nunca había tenido con ella.

–¿Quién es esa? –preguntó.

–Ramona. Una ex novia de Nik. Es una modelo italiana. Salgamos antes de que él nos vea.

Katerina tomó las llaves del coche de Nik y se las puso a ella en las manos.

–Afuera podremos hablar sobre lo que hemos de hacer. ¡No puedes montar una escena aquí!

Olympia estaba como atontada. Casi habían salido cuando Katerina se detuvo y le preguntó:

–Dime, ¿te ha gustado ver cómo se divierte Nik?

–¿Perdona?

–¿Quieres saber lo que Nik piensa realmente de ti? Me lo ha contado. Piensa que eres gorda y estúpida, sin ningún atractivo sexual, ¡pero que vales tu peso en oro!

A Olympia se le hizo un nudo en el estómago.

–Tu abuelo y el padre de Nik acordaron vuestro matrimonio antes incluso de que tú llegaras a Atenas. Todo el mundo lo sabe. ¡Sin tu futura herencia no eres nada! Si Nik necesita consolarse con chicas más atractivas, ¿quién lo puede culpar?

Sorprendida por semejante malicia de su supuesta amiga, Olympia salió corriendo hacia el aparcamiento y se metió en el coche de Nik para llorar a gusto. Llevaba allí casi media hora cuando se abrió la puerta del conductor. Ella se quedó helada pensando que sería Nik. Pero era Lukas.

–No quería hacer esto, pero aquí estoy de todas maneras –dijo él con voz de borracho–. Estás incordiando a todo el mundo, Olympia. ¿Por qué has venido a Grecia?

–Métete en tus asuntos.

Lukas se rió sin humor.

–Pero esto es asunto mío, ¿no lo ves? Mi padre dice que nuestra empresa va a ir a la ruina si la de tu abuelo y la del padre de Nik se unen. No podremos competir. Juntas serán demasiado poderosas.

–No creo que eso vaya a suceder ahora.

Lukas apoyó entonces la cabeza en el respaldo y guardó silencio.

Y entonces reapareció Katerina y se acercó al coche con una sonrisa triunfante.

–Ya veo que estamos todos. ¿Os imagináis lo que pienso decirle a Nik ahora?

–¡Marchaos! ¡Los dos! –gritó Olympia.

–No he terminado todavía. Pero Nik y tú sí. Te lo puedo prometer. Y por si se te ha ocurrido pensar en perdonarlo, voy a entrar y a contarle que os acabo de pillar a Lukas y a ti pasándooslo bien dentro de su coche.

–Lo siento –dijo Lukas–. Es un montaje asqueroso, pero no nos has dejado otra opción.

–¿Por qué vas a contar algo tan tonto como eso? –le preguntó Olympia a Katerina cuando salió del coche.

–Eres tonta, Olympia –respondió la otra en voz baja, para que Lukas no la oyera–. Nik y yo estábamos empezando a estar muy unidos hasta que apareciste tú. ¿Con quién te crees que va a terminar cuando tú hayas desaparecido?

Para Olympia, aquella fue la gota que colmó el vaso. Se marchó andando de allí y se dirigió a un parque cercano, donde pasó la noche en un banco.

Cuando llegó a casa a las siete de la mañana siguiente, la estaban esperando Nik y su abuelo. No le importó que ellos se creyeran la versión de Katerina. Lo único que quería en esos momentos era volver a su casa en Londres cuanto antes.

Olympia volvió de esos desagradables recuerdos y se dio cuenta de que se había tomado dos copas de champán y que no se sentía muy bien. No debía haber bebido con el estómago vacío.

Se preparó un buen baño caliente y se metió en él para relajarse.

Cuando salió del baño, se mareó. Fue a envolverse en una toalla, pero perdió el equilibrio y cayó al suelo. Gritó.

—¡Dios mío!

Esa fue la primera noticia de la entrada de Nik en el baño, junto con la orden de que no se moviera. Luego, unas manos exploraron su cuerpo para ver si estaba herida.

—¿Es que no has tenido ya bastante de eso? —le preguntó ella.

—Puedes haberte roto algo. Te oí gritar...

—¡Vete!

—Te voy a poner cómoda aquí en el suelo y luego voy a llamar a un médico.

–Eso sería una tontería.

Olympia apoyó las manos en el suelo y se levantó lentamente. Se dio cuenta de que no se había hecho daño, pero la cabeza seguía dándole vueltas.

Nik se dio cuenta de lo que le pasaba en realidad y la sujetó mientras ella vomitaba en el retrete.

Se estaba comportando como un auténtico príncipe cuando a ella lo que le hubiera gustado era que la dejara en paz. Le pasó un paño húmedo por la frente y le murmuró cosas que parecieron frases de preocupación en griego.

–Estoy borracha –gimió ella.

–No, te has mareado por le movimiento del barco. Debería haber pensado en ello. Voy al botiquín a por algo que te haga sentir mejor.

La llevó de vuelta a la cama, la envolvió en una toalla y luego la arropó con el edredón.

–Si te hubiera llevado antes a navegar, estarías más preparada para esto –dijo él divertido.

–¿Y por qué no lo hiciste?

–Por Spyros. Tu abuela y tu tío se ahogaron en el mar. Tu abuelo no confiaba en que un adolescente pudiera cuidar bien de ti en el agua y, con semejantes pérdidas en la familia, ¿cómo iba a poder discutir con él?

Cuando Nik la dejó sola, Olympia pensó en esas palabras. Era una explicación tan sencilla a que nunca la hubiera llevado a navegar y nunca se le había ocurrido.

Cinco minutos más tarde, Nik reapareció con un vaso de agua y una pastilla. Se sentó en la cama a su lado mientras ella se la tomaba. Vestido con unos vaqueros negros y camiseta beige parecía más joven, más cercano y más atractivo de lo habitual.

—Ahora me pondré mejor, ya me puedes dejar.

—No, me quedaré hasta que te duermas.

Entonces, ella le preguntó algo que la intrigaba.

—Si me deseabas tanto hace diez años, ¿por qué no hiciste nada?

—Sé realista, Olympia. Si tu abuelo hubiera descubierto que nos acostábamos juntos, te habría mandado inmediatamente de vuelta a casa. Yo no quería ser responsable de causar otra ruptura familiar, ni te quería a ti lejos. ¿Quieres alguna otra razón? ¿Como que un embarazo habría sido un desastre para los dos con esa edad? ¿O la simple verdad de que yo realmente quería esperar a que estuviéramos casados?

Olympia estaba tan desconcertada por la facilidad con la que él le estaba ofreciendo esas explicaciones, que no dijo nada. Y también lo estaba por que Katerina le había mentido. Él la encontraba atractiva. Y mucho. Lo que pasaba era que, entonces, él había sido un adolescente muy sensible e inteligente.

Se quedó dormida sin darse cuenta y, cuando despertó, se tensó al ver a Nik apenas a unos centímetros de ella. Estaba vestido encima del cobertor, mirándola intensamente.

—¿En qué estás pensando? —susurró ella.

Él hizo una mueca.

—En Lukas.

—¡Qué raro!

—Nos criamos juntos. Él era un payaso, pero yo le tenía aprecio. Cuando murió, me sentí como si lo hubiera abandonado.

—¿Murió? —preguntó ella sorprendida—. ¿Cuándo?

—Se estrelló borracho con su coche pocas semanas después de que tú te marcharas de Grecia. Al parecer se le vio pocas veces sobrio después de esa noche. No creo que pudiera soportar lo que había hecho.

Ella se puso muy pálida.

—Así que también me culpas por eso.

—No, no te culpo.

Pero ella no lo creyó. Se sintió vacía por dentro. Lukas Theotokas había sido el cómplice de Katerina. ¿Se habría dado cuenta de en lo que se metía? Tuvo que estar muy borracho para hacer su papel según los planes de Katerina. Era terriblemente triste. Y si ella le contaba ahora a Nik que su amigo había preparado deliberadamente su ruptura por los medios más desagradables posibles, seguro que se enfadaría más todavía con ella. Sentía que él veía más a Lukas como víctima del pecado que como pecador.

—Mucho dolor siguió a esa noche —dijo él—. Katerina suspendió sus exámenes y, durante un tiempo, su familia estuvo preocupada por ella. Estaba preocupada por Lukas.

—Seguro...

—Tú piensas que ella debió mentir para protegerte porque erais amigas, pero la lealtad familiar siempre es más importante en Grecia.

Eso hizo que ella saltara.

—Katerina mintió, lo mismo que Lukas. Los dos tenían sus razones que tú pareces no querer ver.

Nik la miró fríamente.

—Solo hay una cosa que no me encaja.

—¿Cuál?

—Ninguna mujer griega habría dejado de defender su reputación. ¿Por qué no dijiste que seguías siendo virgen cuando nos vimos al día siguiente?

Olympia lo miró incrédula.

—Estás de broma. ¿De verdad te crees que seguías importándome tanto como para rebajarme a ese nivel?

—Así que me viste en el club con esa rubia.

Y fue por venganza por lo que te fuiste con Lukas, ¿no?

Irritada, ella fue a darle la espalda, pero Nik se lo impidió poniéndole una mano en el brazo.

—Lo cierto es que recuerdo muy pocas cosas de esa noche.

—¿Perdón?

—Alguien drogó mi bebida. Si me viste con Ramona, debió de ser poco antes de que perdiera el conocimiento.

Olympia asintió lentamente.

—El señor Inocente, el señor Limpio. ¿Sabes? Puede que mi madre se tragara ese cuento, pero yo soy menos crédula.

Nik frunció el ceño.

—¿Estás diciendo que no me crees?

—Exactamente. No es una sensación agradable, ¿verdad?

Olympia se pudo soltar entonces y enterró el rostro en la almohada.

Él maldijo en griego.

—Oh, eres tan sensible... —dijo ella contra la almohada.

—Eres una bruja calculadora...

—Ahí está la puerta, úsala —dijo ella mirándolo fieramente.

Pero en vez de eso, Nik le metió los dedos entre el cabello, aprisionándola.

—Nik... ¿qué?

—Nik, sí. Pero dilo en griego. *Né*.

Entonces la besó ansiosamente. En una escala del uno al diez, fue un beso del once. La cabeza le dio vueltas a ella y el pulso se le aceleró.

—No vamos a hablar del pasado de ahora en adelante —dijo él mientras empezaba a desnudarse.

—No, debemos. No podemos... —dijo poniéndole una mano en el pecho.

—No hay problema —murmuró él.

Ella cometió entonces el error de mirarlo a los ojos y eso la perdió. Nik sonrió como un depredador, era la sonrisa de un hombre que sabía exactamente el efecto que podía tener en el sexo femenino.

—Yo pienso... pienso...

—Sí, ¿qué piensas?

Cielo Santo, lo deseaba. Lo deseaba locamente.

—No pienso. No estoy pensando en nada ahora mismo.

—Yo sí. ¿Por qué luchar contra lo que estás sintiendo?

—¿Es esta tu rutina habitual de seducción?

—Aun a riesgo de parecer un chulo, yo nunca he necesitado una rutina.

A ella no le costó ningún trabajo creerlo. De repente sintió la insoportable necesidad de estar de nuevo entre sus brazos. Levantó la mano lentamente y le acarició el sedoso cabello negro.

Nik no dijo nada, la hizo ponerse debajo de él y jugueteó con su lengua entre los labios entreabiertos de ella de una forma que hizo que los huesos se le derritieran y se estremeciera. Luego, terminó de quitarse los vaqueros, apartó el edredón y se tumbó sobre ella.

–Debería haberte preguntado qué te gusta –dijo–. Pero todavía no lo sabes, lo que significa que tenemos mucho que descubrir juntos, *yineka mou*.

Capítulo 7

CUANDO ella se despertó, los párpados le pesaban enormemente. Nik estaba tumbado a su lado en la cama, despierto y mirándola.

–Nik, ¿qué hora es?

–Tarde. Las dos. No hemos comido desde que embarcamos, ni hemos salido de este camarote. Me imagino que la tripulación estará satisfecha con mi virilidad.

Algo impulsó a Olympia a decir:

–¡Yo sí que lo estoy!

Nik se tensó y ella se ruborizó.

–Ha estado bien –admitió él inexpresivamente–. ¿Pero por qué no iba a estarlo? Ya sabía yo que seríamos sexualmente compatibles.

Esa repentina frialdad de él la dejó helada.

–Yo creía que ahora nos comprenderíamos mejor.

–Solo cuando estemos en la misma cama.

Olympia se sintió como si la hubieran apuñalado.

–Mensaje recibido –dijo.

–Me voy por unos días. No me preguntes cuándo volveré porque no lo sé.

–Espero que no sea pronto –dijo ella empezando a enfadarse en respuesta al tratamiento que estaba recibiendo–. Ya te llamaré si me he quedado embarazada. ¡Con un poco de suerte, no tendrás que volver!

Nik se levantó y la miró airado.

–De todas formas, he de advertirte que las atenciones que me has dedicado pueden resultar ineficaces, ya que no es el mejor momento del mes para mí –añadió ella.

–¿Cómo puedes ser tan cruel? No hables de la concepción de nuestro hijo de forma tan ofensiva.

–Tonta de mí. Me había olvidado de lo sensible que eres. Lo siento.

Nik apretó los puños. Olympia vio la evidencia de su vulnerabilidad y se sintió triunfante.

–Eres mi esposa –gruñó él.

–No, no, no lo soy. Soy tu socia en este acuerdo, la socia que se tumba en la cama –dijo ella cada vez más furiosa.

–Seguro que lo que quieres es que yo pierda el control y me ponga violento. Entonces, te podrás divorciar y salir de esta libre y con un montón de millones. ¿Es eso lo que crees?

Olympia frunció el ceño y se lo pensó. Era curioso, pero esa perspectiva no la tentaba.

–Seguramente irás a un buen abogado –añadió él–. Como deberías haber hecho antes de firmar el contrato de matrimonio.

–¿Perdón?

–Puede que yo sea el canalla mayor del mundo, pero si te quieres ir de mi lado, vas a dejar conmigo a nuestro futuro hijo y te marcharás tan pobre como llegaste. Me dijeron que te pondrías histérica cuando leyeras la primera cláusula del contrato y que, para cuando leyeras la última, iban a tener que reanimarte. Pero eso es porque no te conocen como te conozco yo.

–¿No?

–En lo único en lo que estabas pensando era en el dinero.

–No, no es así.

Nik llegó entonces a la puerta.

La sangre se heló en las venas de Olympia cuando se dio cuenta del control que él quería ejercer sobre ella, incluso quería utilizar al posible hijo que tuvieran como un arma en su contra.

–¿Cómo puedes seguir odiándome tanto?

Nik la miró fijamente a los ojos.

–Yo te amé de verdad una vez. ¿O es que eso es algo demasiado profundo como para que tú lo comprendas?

Tres días más tarde, Olympia se dio la enhorabuena a sí misma. Ya no lloraba.

Por suerte, era cierto que el barco tenía todas las comodidades imaginables, así que no se aburría, pero tampoco podía dejar de pensar en las últimas palabras de él antes de marcharse. Nik la había amado hacía diez años y todo habría ido perfectamente entre ellos si no hubiera sido por las mentiras de Katerina.

La molestaba sobremanera el hecho de que él la hubiera abandonado en el yate después de la noche que habían compartido. Tal vez acostarse con ella había sido como una especie de reto para él. O simplemente era que se había aburrido de ella.

Estaba claro que, fuera de la cama, él la odiaba. ¿Por qué? Una vez, él la había amado y ella le había hecho daño. El perdón y el olvido eran palabras desconocidas para él y estaba completamente decidido a vengarse. Ella había comprometido su sentido del honor, lo había avergonzado delante de la gente. Se daba cuenta demasiado tarde de lo que eso significaba para un griego. Ahora ella se daba cuenta de que podía aceptar la versión de él de esa famosa noche. Lukas debió drogar la bebida de Nik e invitar a la ex novia de él al club. Todo aquello estaba muy lejos en el pasado y, aun así, seguía envenenando el presente y causándole a ella un dolor inimaginable.

¿Por qué tanto dolor? ¿Y por qué estaba echando de menos tanto a Nik? Debería haberse alegrado de que no estuviera, pero no era así. También le dolía que Nik estuviera amargado.

Cinco días después de la marcha de Nik, ella decidió abandonar el barco. Ya que le daban la oportunidad de viajar, no la iba a desaprovechar y no se iba a quedar en el barco sin nada que hacer salvo tomar el sol y pensar en un marido que la había dejado abandonada un día después de la boda.

El capitán del barco hablaba un excelente inglés y, cuando ella le dijo que le gustaría visitar Málaga, en España, a él le pareció perfecto. Nik no se había puesto en contacto con él desde su marcha, cosa que a ella le venía muy bien para sus intenciones.

Cuando el barco atracó en el puerto de Málaga, como una especie de exorcismo, ella le pidió a una de las doncellas que le cortara el cabello unos veinte centímetros y le gustó el resultado. El capitán pareció un poco asustado cuando ella apareció lista para desembarcar, con una bolsa de viaje en la mano. Ella le dijo que volvería en una semana y luego salió del barco como una prisionera en busca de su libertad. Pero el capitán casi le echó abajo los planes cuando le dijo que había algunas formalidades que llevar a cabo antes de que pusiera pie en un país extranjero.

De todas formas, al cabo de menos de media hora, Olympia había rellenado todos los papeles y ya estaba de camino. Como había leído los *Cuentos de la Alhambra*, de Washington Irving, tenía listo todo el itinerario. Se dirigió a Granada para ver los maravillosos jardines, la Alhambra y el Generalife. Tomó el tren en Málaga, pero cuando llegó ya era por la tarde. Como quería disponer de más de un par de horas para explorar la Alhambra, buscó una pensión en la ciudad para pasar la noche.

A la mañana siguiente, estaba en la entrada del monumento cuando una larga limusina plateada se detuvo a su lado. Damianos salió de ella con rostro inexpresivo y le abrió una de las puertas traseras.

—Señora Cozakis...

Olympia se quedó helada. ¿Cómo la habrían encontrado tan pronto?

—Olympia —dijo una voz conocida desde el interior—. Voy a contar hasta cinco para que entres sin discutir.

Olympia se puso furiosa.

—Alguien del yate me ha seguido, ¿no?

—Uno.

—Alguien me ha estado espiando. Bueno, creo que eso ha sido rastrero...

—Dos.

De reojo, ella vio cómo Damianos se sentaba de nuevo en el asiento delantero.

—Y lo que es más, tengo planes propios.

—Tres.

–Solo quiero ver la Alhambra, ¿de acuerdo?

–Cuatro.

–¡No hay manera de que me hagas entrar en ese coche, donde no quiero estar, Nik Cozakis! –exclamó ella con los brazos en jarras.

–Cinco.

Olympia cruzó los brazos y levantó la barbilla. Nik salió del coche. Con un traje ligero color miel, estaba espectacular. A pesar de estar enfadada con él, los latidos de su corazón se aceleraron y la boca se le secó. Él la tomó en brazos y la metió en el coche.

Sorprendida por su arrogancia, Olympia le dijo:

–¡Voy a salir de aquí ahora mismo!

Pero él se lo impidió.

–Has arriesgado la vida cuando dejaste la seguridad del yate ayer.

–¿De qué me estás hablando?

–Te guste o no, eres la esposa de un hombre muy rico y la nieta de otro, lo que hace de ti un blanco muy vulnerable.

–¿Para qué?

–¡Para los raptores, ladrones y los paparazzi! En el mismo momento en que supe que habías abandonado el barco, me preocupó seriamente tu seguridad personal. El miembro de la tripulación que te siguió no pudo saber hasta anoche por dónde andabas.

Olympia se puso pálida.

–Ningún ladrón encontraría nada de valor que robarme.

–¿Y te gustaría verte a merced de una banda de ladrones que no podrían conseguir siquiera un buen reloj por su trabajo?

A Olympia se le hizo un nudo en el estómago. Su auténtica preocupación la hizo sentirse avergonzada, ya que el primer objetivo al abandonar el yate había sido realmente hacer enfadar a Nik y darle a probar un poco de su propia medicina.

–Yo... lo siento. Sinceramente, no pensé...

–Por lo menos estás bien. Aparte de tu cabello...

–¿Mi cabello?

–Te lo has cortado. ¿Cómo has podido hacer eso? Ya sabes lo mucho que me gustaba. Supongo que tengo suerte de que no te hayas cortado también la garganta. Sin duda te la habrías cortado y te habrías dejado morir desangrada.

–Ya crecerá...

–Y ahora vamos a ir a ver la Alhambra –murmuró él.

–No, no importa... Ni siquiera vas vestido para...

–Insisto, *pethi mou*. Hoy vamos a empezar en donde lo dejamos hace una semana y vamos a empezar a aprender a estar casados.

Olympia lo miró sorprendida.

–Tenía algunas cosas que hacer, pero no debería haber tardado tanto en volver.

Los siguieron Damianos y otro guardaespaldas a una discreta distancia mientras ellos se dedicaron a explorar la Alhambra. Era un día precioso de primavera y a ella le encantó todo lo que vio.

En un momento dado, vio que Nik la miraba fijamente a ella.

—¿Qué pasa?

—Eres inconsciente de tu propio poder. De muchas maneras, todavía eres muy inocente. Ese día, en mi despacho, me habría dado cuenta de ello si no hubiera estado tan enfadado contigo.

Olympia se dio cuenta de que, en esos días que habían pasado separados, Nik parecía haberse librado de su enfado con ella, lo mismo que de su amargura y deseo de hacerle daño.

—Traté de decirte que no pasó...

—No. Déjalo en el pasado, donde debe estar.

—Pero...

—No más malos recuerdos. Solo éramos unos niños, y los niños hacen estupideces cuando tienen relaciones demasiado profundas. Te deseo, *yineka mou*.

De repente, fue como si el ambiente se cargara de electricidad. A ella le entró un sudor frío cuando él le puso las manos en los hombros y la miró a los ojos fijamente.

—Puede que duela esperar, pero la anticipación hace mayor el placer —añadió él.

Siguieron andando de la mano y, cuando volvieron a la limusina, ella estaba agotada. Damianos dijo algo de almorzar y Nik se rio. Ella no prestó atención, lo único que le importaba era la mirada de Nik sobre ella y la forma posesiva en que le agarraba la mano.

Una vez en la parte trasera de la limusina, se inclinó hacia él y Nik la sujetó por la espalda.

—No tenemos suficiente tiempo —dijo él—. No quiero que nos interrumpan.

Poco después, la limusina se detuvo delante de un edificio palaciego y Nik la hizo salir del coche. Respondió con una inclinación de cabeza al hombre que los saludó al entrar y, cuando vio el lujoso interior, ella se dio cuenta de que estaban en un hotel muy exclusivo.

—La gente nos mira —dijo ella ruborizándose.

Él se encogió de hombros.

A la suite los condujo una doncella en vez del tradicional botones.

—Es preciosa—dijo Olympia cuando la doncella se hubo marchado.

Pero Nik no dijo nada y se limitó a besarla con un ansia que le quitó la respiración.

—Dios mío... Necesito estar dentro de ti —exclamó él por fin.

La tomó en brazos y la metió así en el dormitorio. Allí la dejó de nuevo en el suelo y le bajó la cremallera del vestido para bajárselo a continuación. Luego, se quedó mirándola semidesnuda.

–¿No deberíamos habernos registrado en recepción? –preguntó Olympia.

–¿Por qué?

–Porque eso es lo que hace la gente normalmente, ¿no?

–No cuando se es dueño del hotel.

–Ah...

Olympia lo vio desnudarse. El corazón le latía tan fuertemente que parecía que se le iba a salir del pecho.

–Primero... deberíamos hablar.

–¿En este momento en particular? De eso nada. Esta semana pasada ha sido como seis meses para mí –dijo él.

–Me siento como si me fuera a morir de excitación –murmuró ella.

Mientras se acercaba a ella, Nik sonrió.

–Todavía no, *pethi mou*. Pero sí pronto.

Luego la hizo tumbarse en la cama y él la siguió.

Ella era muy consciente del calor que sentía entre los muslos. Se quedó muy quieta mientras él le quitaba el sujetador.

Nik gruñó de satisfacción y le atrapó un pezón entre los labios, rozándoselo con la punta de la lengua. Olympia arqueó las caderas. Nik le quitó entonces las braguitas y empezó a lamerle el ombligo mientras le acariciaba el interior de los muslos con la mano. Entonces, ella se preguntó si, para él, siempre era igual con otras mujeres, así que se puso tensa, como si le hubieran echado por encima un jarro de agua fría.

Lo miró y su mano, como con voluntad propia, le acarició el cabello.

Nik la miró por un momento y luego la volvió a besar. Eso hizo que la mente se le pusiera en blanco y se olvidara de todo lo demás.

–Dios mío... Si te hubiera tocado en el coche te habría tenido –dijo él–. A veces me excitas tanto que me siento un animal.

–Yo también te deseo a ti.

Nik la tocó entonces donde tanto necesitaba ser tocada. Descubrió el calor húmedo que ya lo estaba esperando y, con un gruñido, se tumbó sobre ella.

Olympia vio su necesidad salvaje y aquello hizo que se le derritieran los huesos.

–Estoy ardiendo por esto –dijo él.

La penetró de un solo y poderoso empujón que la hizo gemir. Se enterró profundamente en ella, la miró con satisfacción y dijo:

–Te siento como seda caliente. Es en esto, en estar de nuevo contigo, en lo único en lo que he pensado desde que te dejé.

Ella no pudo hablar. La intimidad de su orgullosa posesión la había dejado atontada. Todo su cuerpo ardía de excitación.

Al terminar, Nik abrió la cama y se tumbaron en las exquisitamente frescas sábanas; la siguió abrazando.

Entonces él se rio.

–Ha merecido la pena pasarme toda la semana pensando en esto, *yineka mou*.

El corazón se le estaba empezando a tranquilizar lentamente a ella y, de repente, descubrió que podía pensar de nuevo. Su alegría por estar de nuevo con Nik se vio ensombrecida por una tristeza momentánea. A los diecisiete años, el chico que más le gustaba del mundo le había pedido salir y luego le había dado un anillo de compromiso. Nik se había sentido realmente atraído por ella, la había amado de verdad, pero ella no se había creído aquel cuento de hadas. Así que, con la ayuda de su abuelo y Katerina, había cuestionado ese sueño y había terminado perdiéndolo por su propia sensación de no valer nada.

Nik se apretó contra ella y se le pasó la tristeza.

–Yo te amaba mucho...

–¿De verdad? –le preguntó él entornando los párpados.

Se percató de la retirada de él y supo que, una vez más, se había acercado demasiado al fuego. Deseaba ofrecerle una confirmación y decirle que lo seguía amando, pero el orgullo y el miedo se lo impidieron. Incapaz de decir sus pensamientos, se refugió en tocarlo en su lugar y lo abrazó.

–Me estás volviendo loco con este continuo

volver atrás en el tiempo –dijo él–. Es como si el reloj se hubiera parado y tú siguieras teniendo diecisiete años.

Olympia se sintió desesperadamente herida por esa acusación, que sabía que era muy acertada. Pero en su noche de bodas había sido ella la que había acusado a Nik de estar obsesionado con el pasado. Ahora sus papeles se habían invertido. Pero tal vez, por suerte, su débil cuerpo ya estaba reaccionando a la excitación de el de él. Una oleada de calor se apoderó de nuevo de ella, borrándole de nuevo todo de la mente. Sus senos estaban apretados contra el pecho de él. Estaba muy cerca de él, pero todavía no lo suficiente.

–Ahora me gustaría mostrarte todas las formas maravillosas en que te puedo dar un placer increíble, señora Cozakis.

Su suprema confianza en sí mismo hizo que ella no pudiera contener una sonrisa.

Capítulo 8

CUATRO semanas más tarde, Olympia se despertó en la magnífica villa de Nik en la isla de Kritos a donde habían llegado la noche antes.

Había dormido bien, pero sentía unas leves náuseas. Y sabía a qué se debían..

Se levantó de la cama y abrió los ventanales que daban al mar para dejar pasar la agradable brisa.

Nik seguía dormido. Después de un mes de crucero por el Mediterráneo, ella era más feliz de lo que nunca había soñado volver a serlo.

Solo eran las ocho, así que se metió en el baño mientras recordaba las condiciones de su matrimonio y pensaba que Nik las había roto. ¡Llevaba un mes entero viviendo con ella! Y ahora que estaban en tierra firme, a ella no se le ocurría ninguna razón para que no continuara igual.

Cuando terminó, salió del baño y empezó a

secarse delante del espejo mientras seguía pensando en él.

En Nik, que había logrado dejarla embarazada en un tiempo récord.

–Tengo una queja. ¿Dónde estabas cuando me desperté?

Olympia dio un respingo y se dio la vuelta. Nik estaba en la puerta del cuarto de baño, sonriendo.

–Nik...

–He pedido el desayuno... para más tarde –dijo él acercándose y tomándola entre sus brazos–. Duchémonos juntos mientras me cuentas en qué estabas pensando. Y será mejor que fuera en mí, *pethi mou*.

–¿Y en quién si no?

Nik le quitó la bata y la hizo entrar en la ducha con él.

–Tengo mucho trabajo atrasado –le dijo entre besos–. Y también van a venir unos invitados. Dios mío... ¡A paseo con todo eso!

Más tarde, desayunaron en la terraza bajo unos árboles. El día era magnífico, cálido y tranquilo. La vista era impresionante en todas direcciones, ya que la villa estaba en lo alto de una colina y desde allí se veía el Egeo en todo su esplendor.

A lo lejos estaba el pueblo y, en su bahía, el enorme yate, como un gigante entre los barcos de pesca. La isla le había encantado a Olympia nada más verla a la luz de la luna la noche anterior.

—Has dicho que tendremos invitados. ¿Quiénes? ¿Y cuándo van a llegar? —le preguntó a él.

—Markos Stapoulos y su esposa Samantha. Ella es británica y creo que te caerá bien. No pudieron venir a nuestra boda porque el padre de Markos estaba enfermo, pero van a llegar a tiempo para almorzar con nosotros. Deberían estar aquí dentro de una media hora.

Olympia se tensó. Hacía diez años, Markos había sido el mejor amigo de Nik y no le gustaba nada tener que volverlo a ver.

—Supongo que Markos lo sabe todo de ese patético cuento del coche.

Nik la miró fijamente por un momento.

—¡Dios mío! ¿Crees que he ido por ahí contando eso? Aparte de tu abuelo, solo mis padres y Katerina saben lo de esa noche.

Nik se levantó y se alejó de ella. A unos metros, se volvió y la miró duramente.

—¿Por qué has sacado esto a relucir de nuevo?

—Porque tú sigues sin querer saber mi versión de los hechos. Y eso me duele.

—Dios mío. Tienes suerte de que haya decidido que nos olvidemos de todo ese episodio y te aprecie como la mujer que eres hoy día.

—Si lo has olvidado, ¿por qué me sigues gritando?

–Yo no estoy gritando–dijo él bajando la voz notablemente.

–¡Perfecto, porque yo nunca estuve con Lukas y no voy a parar de decirlo hasta que me escuches!

–Pero yo no te creeré nunca. Recuerdo la forma en que me miraste la mañana después. ¡Eras culpable y estabas orgullosa de ello! Pero mirando atrás, sabiendo lo que sé ahora, ¡no era nada! Debería haberlo dicho antes, pero naturalmente, ser tu primer amante importa...

–¡Importa tanto que desapareciste una semana entera después!

–¿Por qué no me cuentas exactamente lo que hiciste con Lukas? –le preguntó él de repente.

Ella se quedó sin palabras y abrió mucho los ojos.

Nik levantó entonces los brazos, frustrado ante su silencio.

–¡Es por tu culpa por lo que estoy pensando así de nuevo! ¿Por qué no has podido dejarlo como estaba?

Se acercó entonces a la mesa y sacó algo del bolsillo, dejándolo delante de ella.

–Pensaba darte esto después de desayunar.

Luego, se alejó y se metió en la villa.

Olympia abrió la caja y se encontró un guardapelo con un diamante incrustado. Lo abrió y vio que dentro había dos fotos pequeñas de su madre y de su abuelo. Se sintió increíblemente afectada por ese detalle y se le saltaron las lágrimas.

Decidida a arreglar las cosas, entró en la casa y se dirigió al dormitorio. ¿Qué sentía Nik por ella? ¿Sentía algo profundo? ¿O ella era solo otra compañera de cama?

Una vez en el dormitorio, buscó sus cremas de maquillaje en el bolso que había usado la noche anterior. Pero lo que encontró fue un sobre de mediano tamaño que no había visto antes.

Lo abrió con el ceño fruncido. Contenía un recorte de prensa y un par de fotos a todo color. Las tiró sobre la cama para poder observarlas mejor. Estaba claro que una por lo menos había sido tomada con teleobjetivo. Era de Gisele Bonner, en top less sobre una tumbona y en brazos de un hombre que se parecía mucho a Nik.

El corazón le dio un vuelco cuando la puerta se abrió de repente.

−¿Olympia?

Sin dudarlo, ella se tumbó boca abajo sobre las fotos y el bolso.

−¿Te encuentras bien?

−Sí...

Como no se movió, Nik se acercó a la cama.

−Has estado llorando.

−No...

−Mentirosa −dijo él al tiempo que le enjugaba una lágrima de la mejilla–. Lo siento. He perdido la cabeza. No puedo pensar bien cuando tú mencionas... Ya sé que no es razonable, pero por favor, no vuelvas a hablar de eso. Me hace ponerme... irracional.

–Sí –dijo ella sin prestar mucha atención.

Lo que sucedió hacía diez años ahora ya no le parecía importante y en lo único en lo que podía pensar en esos momentos era en esas fotos y rogaba de corazón para que se tratara de fotos antiguas, enviadas por su ex novia para fastidiarla.

–¿Estás segura de que estás bien?

–Solo dame cinco minutos para arreglarme.

–¿Te ha gustado el guardapelo?

–Sí.

Nik frunció el ceño y se marchó.

Tan pronto como él hubo salido, Olympia se levantó y extendió de nuevo el recorte de prensa delante de ella. Vio que las dos fotos eran contiguas. La de la piscina y otra que habían tomado de Olympia y Nik saliendo de la iglesia el día de su boda.

Se sintió mal. Debajo de la foto de la piscina, el pie de foto confirmaba sus sospechas de que había sido tomada después de la otra.

Cozakis interrumpe su luna de miel en el Mediterráneo para consolar a su ex novia.

Eso debió de ser la semana después de la noche de bodas en la que él había desaparecido. ¿Cuándo si no?

Se le ocurrió entonces otra pregunta. ¿Quién le había metido ese sobre en el bolso? Seguramente la misma persona que le había dejado el mensaje y la revista en el camarote del barco. Entonces, ella había creído inocente a la doncella griega, pero ahora ya no. Solo ella tenía libre acceso a sus habitaciones. Pero lo cierto era que la identidad de la cómplice de Gisele le parecía poco importante. Porque tenía que ser Gisele quien le estaba haciendo eso, ¿no? ¿O sería Katerina la responsable también?

No dejaba de pensar que estaba embarazada de Nik. Cuando oyó el ruido de un helicóptero, tuvo que obligarse a salir de la habitación para recibir a sus invitados.

Mientras los esperaban en la terraza, Olympia agradeció la presencia de otra gente, ya que necesitaba tiempo para controlar sus emociones alteradas.

Después de almorzar, los dos hombres se metieron en el despacho de Nik.

–¡Negocios! ¡Todo son negocios para los hombres griegos! –exclamó Samantha agitando la cabeza.

–¿Cómo conociste a Markos? –le preguntó Olympia un poco menos tensa, ya que Nik no estaba.

–Yo era enfermera en la clínica de Londres donde a él le quitaron el apéndice. Entre tú y yo, él estaba aterrorizado. Eso fue hace tres años. No tienes ni idea de lo cómoda que me siento aquí ahora que Nik tiene esposa.

–Tú debes de conocer a Gisele Bonner –dijo ella sin pensar–. Por favor, olvida lo que he dicho...

–No, a mí me puedes decir cualquier cosa. Entiendo cómo debes sentirte. Las ex novias tan guapas como Gisele y que continúan ocupando los titulares de prensa mucho después de su ruptura, son difíciles de soportar. Cuando yo la conocí, Markos se quedó alucinado con ella. ¡Lo habría estrangulado! No le hablé durante una semana. Gisele es lista y muy ambiciosa. Le clavó las garras a Nik y siguió atosigándolo incluso después de que desapareciera la atracción de él por ella.

Olympia asintió.

–Gisele sabe cómo agradar a un hombre. Ese es su secreto. ¿Has conocido alguna vez a algún griego al que no le guste ver halagado su ego por una mujer que atiende a cada una de sus palabras y lo trata como si fuera un dios?

Olympia agitó la cabeza.

–No deberías preocuparte por ella, Olympia.

–Y no me preocupa.

Habiendo sabido el secreto de Gisele, se dio cuenta de que su matrimonio había terminado.

Las posibilidades de que ella fuera a tratar a Nik como un dios en el futuro eran muy remotas.

–Nik es famoso y Gisele adoraba estar con él. Le venía muy bien para su trabajo. Seguro que ella estaba detrás de ese cuento que publicó la prensa amarilla hace cosa de un mes –dijo Samantha disgustada–. ¿Pero quién se iba a creer de verdad que Nik estaba con ella cuando estabais los dos al principio de vuestra luna de miel?

–Eso, ¿quién?

Pero Olympia sabía que era eso exactamente lo que había hecho Nik.

–Son esa clase de mentiras las que me hacen alegrarme de que Markos y yo no seamos suficientemente famosos como para ser blanco de los paparazzi.

En ese momento, Nik se unió a ellas y Olympia, nerviosa, derramó la copa que tenía en la mano sobre el vestido y se disculpó diciendo que tenía que ir a cambiarse.

–Nos han invitado a una boda en el pueblo –dijo él.

–Me encantaría asistir –dijo Samantha–. ¿Pero no te ha dicho Markos que nos tenemos que ir a las siete?

Olympia salió de la habitación. Lo que menos le apetecía en ese momento era asistir a una boda. Durante el almuerzo, Markos le había contado lo mucho que había hecho Nik por los habitantes de la isla y cómo lo adoraban, por lo que ella no podía ni pensar en lo que podía suceder si ella perdía el control en su estado emocional actual.

Se estaba cambiando en su habitación cuando Nik entró en ella.

—Olympia...

Ella se volvió lentamente. Nik había cerrado la puerta.

—¿Qué te pasa? —le preguntó él.

—¿Perdona?

—No me puedes tratar como si yo fuera el hombre invisible sin hacer sentirse incómodos a nuestros huéspedes. La hospitalidad es un asunto muy serio para todos los griegos, algo que llevamos con orgullo y placer. Una esposa que se comporta como tú lo has hecho es una vergüenza.

Olympia se estremeció y apretó los dientes.

—¡Y no te atrevas a mirarme así!

—¡Tal vez debieras haberle pedido a Gisele Bonner que fuera la anfitriona en mi lugar!

—En eso tienes razón. Gisele nunca me haría esto delante de mis amigos.

—Eso ha sido algo muy bajo, Nik...

—Ninguna mujer me trata como tú lo has hecho hoy. Tuvimos una discusión estúpida y yo me disculpé sinceramente por la parte que me tocaba. ¡No tengo ni tiempo ni paciencia para aguantar la forma en que te estás comportando ahora!

—¡Vete a paseo! —exclamó ella dándole la espalda.

Él la agarró por un brazo y la hizo volverse, mirándola fijamente.

—¿Es que no tienes principios? ¿O es solo que no te gusta tu propio sexo? ¿Me he ganado esto solo porque Samantha ha estado bromeando conmigo en el almuerzo?

Olympia estaba temblando.

—No sé de lo que me estás hablando.

—¡Ni siquiera has podido hacer tampoco como si perdonaras a Katerina! ¿Es porque una vez estuvo enamorada de mí? Quiero saber cuál es el problema. ¿Son los celos lo que te hace actuar así?

—Será mejor que bajes a hacer compañía a nuestros invitados...

—Markos sabe que estoy loco por ti. Dios mío... ¡No iré a ninguna parte hasta que no me digas lo que te pasa! Esta mañana parecías tan contenta...

—Suéltame.

—No lo voy a hacer, *yineka mou*.

Entonces bajó la cabeza y la besó con fuerza. Ella no tuvo tiempo de defenderse y, de repente, se encontró devolviéndole el beso con la misma intensidad.

Poco después, él se separó y dijo:

–Eres mía...

Mientras tanto, le levantó la falda y metió los dedos por la cintura de sus braguitas, quitándoselas con impaciencia.

Se tumbaron en la cama y a ella dejó de importarle todo lo demás.

–Tú esto lo entiendes bien –dijo él antes de volverla a besar.

Hicieron el amor fieramente, cosa que a ella la excitó más incluso de lo habitual. Ambos perdieron el control y eso también le encantó.

Después, ella abrió los ojos y parpadeó.

Nik la miró por un segundo y luego, sin decir nada, se levantó y fue al cuarto de baño. Ella se quedó allí en la cama, tratando de recuperar la respiración. Luego, se incorporó y se alisó el vestido con manos trémulas.

Nik salió del cuarto de baño, tiró la toalla con la que se había secado la cara al suelo y la miró desde la puerta.

–Ven aquí –dijo abriendo los brazos.

–No tienes que decirme que lo sientes. Me ha gustado –dijo ella.

Nik se acercó, la rodeó con un brazo y le dio un beso cariñoso en la mejilla.

–A veces me haces enfadar tanto, que podría pegarme un tiro. Eso lo puedo soportar, pero lo que no soporto es lo que no entiendo.

–Está bien...

–No es como si tú no me importaras. ¡Eres mi esposa!

Esperó luego un momento como si pensara que eso provocaría alguna respuesta en ella y luego abandonó la habitación.

Olympia se quedó mirando las braguitas caídas en el suelo. No estaba sorprendida por el sexo salvaje que habían compartido. Ella lo había deseado.

¿Y Nik? A él se le daba muy bien eso de dar órdenes, conversar, pero cuando la cosa se ponía seria, él era como un niño de cuna. Así que poseerla como si fuera un neanderthal había sido una vía de escape necesaria.

Lo curioso era que, al parecer, él ya no la odiaba. A Olympia se le escapó una risa agitada mientras trataba de recuperar un aspecto respetable. Pensó en el niño que llevaba en las entrañas. ¡No le extrañaba que Nik llevara semanas viviendo con ella! Si hubieran vivido separados, habría tardado meses en dejarla embarazada. Pero ya había terminado, El deber estaba cumplido. Ella amaría a su hijo, lo cuidaría, pero no permitiría bajo su mismo techo a un hombre que se había acostado con otra.

Cuando bajó, fue a buscar al ama de llaves y le dio instrucciones precisas. Esa noche Nik la volvería a odiar.

Estaban en la fiesta de la boda cuando Samantha le dijo:

–¿Sabes lo que estaba pensando? Que es una pena que Gisele no pueda ver cómo actúa Nik contigo. Pero dudo mucho que ella sepa vuestra historia.

–¿Qué historia?

–La tuya y de Nik. Markos me ha dicho que Nik estaba embobado contigo; y yo no me lo puedo imaginar así por ninguna mujer. Desde que lo conozco, él siempre ha sido muy frío en sus emociones. Pero contigo es completamente diferente.

Olympia se obligó a sonreír.

–De verdad, Samantha...

–No, me encanta verlo así. Tú Nik ha roto montones de corazones en su momento. Ahora me encanta verlo apresurarse a abrirte la puerta del coche, a ofrecerte sillas... Y tú te lo tomas como si nada.

–Está muy bien educado...

Samantha suspiró.

–¿Por qué no haces las paces con él? Nunca antes lo he visto tan afectado como hoy.

Olympia se ruborizó.

–¿Así que ha sido tan evidente que nos hemos peleado?

–Oh, a ti no se te ha notado, ha sido a él. Pero no te preocupes. Markos y yo nos peleamos varias veces en los primeros meses de matrimonio. Acostumbrarse a vivir juntos requiere tiempo. Los hombres griegos pueden ser increíblemente mandones.

Entonces empezó a sonar una música de baile y los hombres salieron a la pista y se pusieron en corro, Nik y Markos entre ellos.

Era curioso cómo Nik, un hombre de negocios que manejaba miles de millones, podía estar como si nada entre pescadores en una taberna, una cualidad digna de respeto. Pero Olympia también se dio cuenta de la forma en que lo miraban las mujeres. La música empezó a animarse poco a poco y el dolor interior de ella empezó a salir a la superficie.

No creía que Nik amara a Gisele. Ni siquiera creía que la necesitara. Pero Nik la había traicionado igualmente. No había respetado ni su matrimonio ni a su esposa. Y tenía el imperio de su abuelo y una esposa a la que creía que podía tratar como el polvo bajo sus pies cuando le viniera bien.

Ni siquiera había pensado en advertirle de la publicación de ese reportaje al que Samantha se había referido como si nada. ¿Cómo podía ella amar a alguien que la trataba como si no fuera nada? ¿Cómo podía, sabiendo lo que había hecho, haberse tumbado bajo él y gemir de placer?

La música se aceleró más todavía. Fue como si una explosión estuviera teniendo lugar en su interior. De repente recordó todas las imágenes que había dejado a un lado como auto protección. Nik con esa rubia en algún lugar de Francia. Nik y la rubia... de repente sintió ganas de vomitar, sacudida por los celos.

La música llegó a su repentino final y, mientras la gente aplaudía, Olympia se levantó de la mesa.

–¿Señora Cozakis? –le preguntó Damianos cuando la interceptó en el camino al aseo con un teléfono móvil en la mano–. El personal de la villa dice que les ha dado orden de llevar el equipaje de Nik al yate y les ha concedido la tarde libre, ¿es eso cierto o se trata de un error?

–Es cierto.

–Pero Nik no tiene planes...

–Yo tengo otros planes, Damianos.

El hombre la miró preocupado.

–Supongo que ahora irá a decírselo a él –añadió Olympia.

–No en un lugar público, señora. Perdóneme... ¿pero ha pensado bien lo que está haciendo?

Olympia asintió.

–Se va a poner como loco.

Olympia volvió a asentir.

Vio de reojo cómo Damianos se alejaba. Ese hombre llevaba cuidando de Nik desde hacía veinte años y Nik era como un hijo para él. Pero ella sabía que no se iba a meter en aquello. Se haría el loco antes que añadir semejante insulto a la injuria mortal revelando su conocimiento de los planes de ella.

Markos y Samantha ya se habían levantado de la mesa. Nik se acercó entonces a ella sonriendo y la abrazó.

—Te he tenido olvidada —dijo dándole un beso en la frente.

Veinte minutos más tarde, cuando sus invitados ya se habían marchado, Olympia entró apresuradamente en la villa mientras buscaba las fotos en su bolso. Nik iba a solo un par de pasos tras ella.

Capítulo 9

DESPUÉS de un momento de duda, Nik se quitó la chaqueta y se la echó al hombro.

—¿Dónde está todo el mundo?

Olympia respiró profundamente antes de responder.

—Les he dado la tarde libre.

—Espero que sepas cocinar. Tengo hambre.

Olympia agarró con fuerza el sobre con las fotos.

—Nik...

—¿Por qué no haces algo de cenar? Mientras tanto a mí me vendría bien una ducha.

Estaba claro que él no había entrado nunca en una cocina y pretendía seguir sin hacerlo. Como si, por fin, se diera cuenta de que allí pasaba algo, Nik la miró.

—¿Olympia?

—No es necesario que subas. He hecho que envíen toda tu ropa al yate.

—¿Te has vuelto loca?

–No. Es que esta mañana me he encontrado esto –dijo ella mostrándole el sobre con las fotos–. Y si crees que mi comportamiento reservado con tus amigos ha sido suficiente como para avergonzarte delante de ellos, ahora te darás cuenta de que has tenido mucha suerte.

Nik no hizo nada por tomar el sobre.

–Pero me parece que no voy a ser tan afortunado ahora. También me parece que no has sido sincera antes, cuando te negaste a admitir que te pasaba algo. Pero aun así pretendo darme una ducha, Olympia.

–¿Una ducha?

–Y con eso tendrás un cuarto de hora para hacer que traigan mi ropa, porque me quiero cambiar. O vamos a tener una buena pelea.

Incrédula, ella vio cómo Nik empezaba a subir las escaleras. Entonces, la frustración la hizo entrar en acción y lo adelantó, llegando antes que él al descansillo.

–Estoy seguro de que hay una buena razón para que estés actuando como una niña...

–¡Toma! –lo interrumpió ella tirando las fotos al suelo–. ¡Aquí estáis tu amante y tú! ¿Ves ahora de lo que se trata?

–¿Amante? –preguntó él mirando las fotos en el suelo, donde solo había caído una de frente–. ¿De qué me estás hablando?

Olympia lo golpeó entonces. No había pensado hacerlo. Apretó los puños y lo atacó vigorosamente, dándole en el hombro y el pecho. Nik estaba tan poco prevenido, que casi perdió el equilibrio y se tuvo que agarrar frenéticamente a la barandilla. Luego subió al descansillo y la agarró por las muñecas, airado.

—¡Dios mío! ¿Estás loca? ¿Qué tiene que ver contigo con quién me haya acostado antes de casarnos?

Sin esperar respuesta, Nik la soltó y recogió del suelo las fotos y el recorte de prensa.

—¿De dónde has sacado estas fotos? —le preguntó pasmado.

—De tu amante.

—No creo. Ahora respira profundamente y dime cómo han llegado hasta ti.

—No vas a conseguir librarte de esta, Nik.

Luego ella le contó lo de la revista y el mensaje escrito en el espejo que se encontró en el camarote del barco.

—¿Y las fotos?

—Las dejaron en mi bolso.

Nik las arrugó y las tiró de nuevo al suelo. Luego empezó a subir de nuevo las escaleras, decididamente.

Agarrada a la barandilla, Olympia lo vio tomar su teléfono móvil y ponerse luego a hablar en griego por él.

—¿Qué haces con el teléfono?

—Damianos se ocupará de esto e identificará al culpable —dijo él con el ceño fruncido—. Deberías habérmelo contado inmediatamente. El que un empleado mío haya tenido la insolencia de tomar parte en algo como esto, me molesta enormemente. No me sorprende que te hayas enfadado tanto.

—No estoy enfadada, Nik, estoy tan furiosa que...

—Que no puedes golpear bien. He recibido el mensaje. Cuando te enfadas eres muy griega, Olympia. Y como puedo entender lo que esta desagradable campaña ha estado haciendo con tu mente, puedo disculpar tu falta de control y maravillarme de tu habilidad para permanecer hoy incluso educada conmigo.

—¿Crees que con dar esos rodeos vas a conseguir calmarme? ¿Crees que soy estúpida?

—Esas fotos fueron tomadas hace un año. Desafortunadamente, la primera vez que supe de su existencia, fue cuando la revista decidió publicar una de ellas. Esa semana yo no estuve con otra mujer. Y la revista ya publicó en su momento una disculpa. Si yo preferí poner el asunto en manos de mis abogados, fue en consideración por tus sentimientos.

—¿Mis sentimientos?

—No quería que pensaras que habías sido humillada por esa revista. Y te diré algo más. No creo que Gisele sea la instigadora de todo eso.

—Por supuesto que no...

—No es su estilo. Gisele no es rencorosa y

nos separamos en términos cordiales. ¿Quién más puede tener razones para hacer esto?

–Katerina... –le sugirió ella.

–¡No seas ridícula!

El silencio cayó entre ellos.

–Sí, tú crees que yo soy estúpida, ¿no?

Nik frunció el ceño de nuevo.

–Ya tengo bastante, Olympia. Naturalmente, pude conseguir que la revista se disculpara, porque yo no estuve con Gisele esa semana después de nuestra boda.

–Porque tú lo dices. Pero bien pudiste hacer que el fotógrafo mintiera sobre cuándo hizo las fotos. Puedes haber intimidado al editor de la revista. Tal vez la foto que publicaron era la única prueba que ellos tenían, ¡y en las fotos no sale la fecha! Si más pruebas de que tú estuvieras con Gisele, ¿qué podía hacer la revista salvo rendirse a tus amenazas?

–Me estás acusando de mentir...

–Ya me advertiste de que podrías hacer cualquier cosa que quisieras cuando te casaras conmigo.

–¡Si estuviera haciendo lo que quisiera ahora mismo, tú estarás a mis pies suplicándome perdón! ¿Cómo te atreves a dudar de mi palabra?

–Porque ya van dos veces que te pillo en una mentira y, para mí, eres un casanova. ¡Y yo no tengo la menor intención de vivir con un donjuán!

–¿Dos veces? ¿De dónde te has sacado eso?

–Yo fui lo suficientemente tonta como para tragarme tu cuento acerca de que alguien te había drogado la bebida hace diez años en ese club. Pero no me pidas que me trague otra tontería como esa.

–¿Estás uniendo lo de ahora con...?

–¿Por qué te muestras tan incrédulo, Nik? Tú no me pudiste creer una vez y te creíste lo que dijo todo el mundo, menos yo. Si se me volviera a acusar de lo mismo, volvería a ser igual.

–Ya estás volviendo de nuevo a lo que sucedió o no en ese aparcamiento. ¡No me lo puedo creer! –dijo él pasándose una mano por la cabeza.

–Yo no confío en ti porque tú no confías en mí. Y porque no tenemos un matrimonio, sino un acuerdo comercial.

–Calla y escúchame...

Olympia agitó la cabeza.

–Yo ya he cumplido mi parte del trato.

–Si usas esa palabra una vez más...

–Estoy embarazada y ahora quiero que te vayas de esta casa y me dejes en paz.

Nik se quedó helado.

–¿Estás embarazada? ¿Ya?

–Bueno, tú te has esforzado mucho para que sea así, ¿no?

–Estás tan alterada que no sabes lo que dices. Dios mío... estás embarazada. ¡Podías haberte hecho daño al golpearme!

Entonces la tomó en brazos y la llevó al dormitorio.

Olympia parpadeó incrédula.

–No deberías estar montando escenas como esta. Tienes que tumbarte y estar tranquila, piensa en el niño...

–Nik, acabo de pedirte que te vayas de esta casa y que me dejes en paz.

–No lo has dicho en serio.

–¡Sí!

Nik suspiró pesadamente y la dejó a los pies de la cama.

–Estás histérica.

–¡No lo estoy!

–No voy a discutir contigo sobre esto. Naturalmente, estás molesta. Tienes razones para sospechar y yo te disculpo.

–¡Crees que me tienes donde quieres porque estoy embarazada! ¡Pues no es así! ¡Mi abuelo cuidará de mi madre, así que no me puedes hacer daño con eso y, si no te vas tú de esta casa, seré yo la que me vaya en el yate!

–La tripulación está de vacaciones, así que sería difícil que alguien se fuera en él en estos momentos. Solo está disponible el helicóptero.

–No tienes derecho a hacerme más de lo que ya me has hecho.

–Odio bajar a este nivel, pero si crees eso, ¿por qué me permitiste hacer el amor contigo esta tarde? –le preguntó él.

Ella se ruborizó.

–Eso fue sexo. ¡Yo te utilicé porque me apetecía! Crees que esto es divertido, ¿verdad? Seguro que piensas que estoy loca por ti y que esto es solo una pelea más y mis amenazas son vanas. Pues no es así. ¿De verdad te crees que yo soy tan tonta como para que me importe un tipo que se ha casado conmigo solo por hacerse con el dinero de mi abuelo?

Nik levantó la cabeza y la miró fijamente.

–Eres digno de lástima –continuó ella–. Tan superior en todo, ¡y aun así accedes a casarte con una mujer de la que piensas lo peor solo para conseguir el imperio Manoulis!

Nik se quedó inmóvil por un momento. Luego se puso pálido. Sin decir una palabra más, salió de la habitación.

–¡Y no vuelvas! –le gritó ella.

Cinco días más tarde, llegó a la isla el hermano pequeño de Nik, Peri.

–No tienes buen aspecto –le dijo a Olympia después de saludarse–. Parece como si no hubieras parado de llorar. Nik no llora, pero está de un humor de perros y, todo aquel que puede, se mantiene apartado de él.

—¿Dónde está?

—En Atenas, trabajando. A mi madre se le ocurrió decir que vuestro matrimonio fue un error y Nik le gritó por primera vez en su vida. Mi padre trató de defenderla y él estuvo a punto de pegarle. Así que, si tú no eres feliz, Olly, trata de recordar que no eres la única. ¡Normalmente no tenemos combates de boxeo durante la cena!

—No es mi culpa que esto no haya funcionado.

—¿Puedo sentarme o ahora soy del enemigo?

Olympia se ruborizó.

—Por supuesto que te puedes sentar. ¿Quieres tomar algo?

—No, gracias. Solo dame cinco minutos de tu tiempo. Nik no sabe que estoy aquí y, si lo supiera, me arrancaría la cabeza.

—No quiero hablar de Nik contigo. No me parecería bien.

—Pero puedes escucharme, ¿verdad? ¿Lo que ha causado todos los problemas entre mi hermano y tú fue lo que salió en la prensa amarilla? Si quieres, tú limítate a asentir o negar con la cabeza. Esto no es hablar de Nik.

Olympia asintió y negó con la cabeza.

—¿Y eso qué significa?

Ella se encogió de hombros.

–Muy bien, Nik se pasó los primeros cinco días de esa semana que se separó de ti, emborrachándose con ganas en Suiza. Yo lo descubrí accidentalmente, cosa que a él no le gustó nada.

–¿Se emborrachó solo?

–No, Damianos estaba cuidándolo.

–¿Por qué lo hizo?

–Por lo que me dijo, tenía cosas que solucionar.

–A mí me dijo lo mismo. ¿Por qué lo hizo precisamente en Suiza?

–Porque era un buen sitio para esconderse de la prensa. Cuando yo le hablé de ese artículo de la revista, se puso sobrio inmediatamente, al tiempo que se enfadaba mucho. Se pasó el último día de su ausencia hablando con sus abogados. Así que no tuvo oportunidad de estar en ninguna piscina con Gisele. De hecho, dudo mucho que vuelva a disfrutar con ninguna chica en el exterior de una casa ahora que han aparecido esas famosas fotos. Eso haría que yo me lo pensara dos veces.

Olympia se ruborizó.

–No tienes que mentir por Nik...

–Si él hubiera estado con Gisele, yo te diría que no es asunto mío.

–Nik es un donjuán.

–Bueno, lo fue antes de que aparecieras tú hace diez años. Y después de que rompierais.

Pero nunca cuando tú estuviste con él. ¡Ni ahora!

A ella se le escaparon las lágrimas.

–No es que no aprecie lo que estás tratando de hacer, Peri. Lo aprecio, pero ya es demasiado tarde para Nik y para mí. Algo horrible pasó hace diez años, siempre está presente entre nosotros y no se puede arreglar. Nik se ha ido, lo he echado yo diciéndole deliberadamente lo que sabía que lo haría marcharse. No te voy a decir más, ya he hablado demasiado. ¿Te quedarás a cenar? –le preguntó ella porque se sentía sola.

–Lo siento. Si no quiero que Nik se entere de que he estado aquí, tengo que volver –dijo él al tiempo que se levantaba.

Olympia hizo lo mismo y le dio un beso en la mejilla.

–Tú eres muy distinto de Nik.

–Yo fui un hijo inesperado. ¡Y mis padres me mimaron demasiado!

–¿Y no a Nik?

–No. A Nik lo obligaron a actuar como un hombre desde niño. Yo me vi con las puertas abiertas. A él lo mandaron a un colegio militar para que hicieran un hombre de él a base de duchas frías y cursos en los que se simulaban asaltos y demás para acrecentar en él su instinto de competición, aunque dudo mucho que él lo necesitara. Sin embargo, yo fui a un colegio cercano a mi casa y me puse a llorar cuando hablaron de enviarme a la misma academia, así que no lo hicieron.

Peri dejó a Olympia con muchas cosas en las que pensar. Incluso la esposa más suspicaz tendría sus dudas bajo esas revelaciones. Y Olympia ya las tenía antes de la llegada de Peri.

El teléfono sonó esa tarde. Esperándose que fuera su madre, Olympia respondió alegremente:

–¿Mamá?

–Soy Nik.

No parecía él. Su voz no tenía ninguna expresión.

–¿Estás bien? –le preguntó ella.

Él no dijo nada.

–Tal vez creas que, teniendo en cuenta lo que te dije, esa es una pregunta curiosa –añadió ella.

–No estoy muy bien. Mira, el helicóptero llegará a las ocho para traerte a Atenas. Te veré entonces.

–¿Nik?

–¿Qué?

–Me siento fatal.

–Tienes lo que has querido. Mi casa favorita, mi hijo... Pero no a mí.

–¡Pero yo te quiero a ti! –gimió ella.

Se produjo un largo silencio. Luego, oyó a Nik aclararse la garganta, pero no dijo nada.

—Es que no sé qué decir —dijo él por fin.

—Bueno, no te preocupes. ¡Sé que yo no me voy a preocupar!

Cuando ella colgó, lo hizo llorando.

Metió el teléfono entre las almohadas y lo oyó sonar una y otra vez.

Poco después, el ama de llaves llamó a la puerta y apareció con otro teléfono. Olympia lo aceptó de mala gana.

—¿Olympia? —dijo la voz de Nik de nuevo.

—Te veré a las ocho. ¡Solo dije que te quería por el niño!

Pensó que iban a hablar del divorcio. No, de la parte técnica se ocuparían los abogados. ¿Por qué le habría mentido con eso de que lo quería por el niño? Nik no se lo había merecido.

Cuando llegó a Atenas, la estaba esperando una limusina que la condujo a la mansión de los Cozakis.

Un mayordomo la condujo a un salón tan elegante y fríamente decorado como el resto de la casa.

—Olympia...

Ella se volvió y vio que Nik estaba en la puerta, observándola. El corazón se le aceleró.

—Solo tengo que decirte unas cuantas cosas —añadió él.

—Entonces es mejor que me espere la limusina.

Él la condujo entonces a una habitación llena de libros.

–Primero, he cambiado todas las copias de ese ofensivo contrato prematrimonial que te hice firmar.

A Olympia no la animó mucho eso. Pensó que él se estaba sintiendo culpable y que ahora iba a hacer de ella una rica ex esposa.

Nik le tomó la mano.

–Tú me acusaste de casarme contigo por lo que podía ganar con ello. Y yo me lo gané por no contarte la verdad acerca del trato que hice con tu abuelo. Puede que yo controle su imperio, pero él sigue siendo el dueño y aún puede disponer de él, si quiere.

Olympia se quedó pasmada.

–Pero...

–Spyros no lo quería así, pero yo insistí. En ese momento, yo pensaba que nuestro matrimonio podía terminar en un divorcio.

Para Olympia, aquello tenía mucho sentido. Nik había querido más la venganza que los beneficios. También había querido hacerla ver que ella era totalmente dependiente de él. Y lo que era más, cuando su matrimonio se rompiera, su abuelo no podría sentirse engañado, ya que no habría perdido nada.

Olympia estaba muy pálida.

–Una cosa más, sin duda la más importante –dijo él–. He tardado mucho en aprender lo que debería haber sido una lección muy sencilla. ¿Lukas? Eso no fue nada en comparación con cosas mucho más importantes. Una completa trivialidad.

—¿Y eso?

—Tú me viste en brazos de una ex novia... y contraatacaste. Eso fue lo que pensé entonces. Yo te tenía en un pedestal y, cuando me pareció que tú te bajaste de él, me decepcionaste. Llevé encima ese sentimiento durante diez años, odiándote irracionalmente.

—Lo entiendo. Yo sentía lo mismo por ti.

—Y, cuando lo recordaba en el presente, seguía afectándome tanto como entonces. Así que reaccioné como un niño, no como un hombre. Necesito que comprendas eso.

A Olympia le daba vueltas la cabeza. Nik estaba siendo muy sincero. Parecía estar tratando de demostrarle que, finalmente, la perdonaba por lo que ella no había hecho en realidad. Incluso parecía estar tratando de culparse a sí mismo por todo aquello. Le estaba ofreciendo una aceptación incondicional de ella y el pasado que Olympia nunca se había esperado recibir.

—Tú dijiste antes que me querías... ¿Que querías que volviera? —añadió él.

—Sí.

Nik soltó el la respiración que había estado conteniendo y la rodeó con los brazos. Luego, levantó lentamente la cabeza y la miró.

—Katerina está aquí —dijo.

–¿Katerina?

–Y Spyros.

–¿Mi abuelo? –preguntó ella sorprendida.

–Con la evidente excepción de Lukas, he hecho que vengan todos los que tuvieron algo que ver con nuestra ruptura de hace diez años –dijo él mientras se dirigían a uno de los salones–. Creen que están invitados a cenar y tu llegada será inesperada. Así es como lo he planeado.

Capítulo 10

CINCO cabezas se volvieron y, con solo dos excepciones, todos los rostros mostraron su descontento al ver a Olympia.

Spyros pareció sorprendido y feliz. Peri, el hermano de Nik, sonrió abiertamente. Achilles, el padre de Nik, se tensó. La madre de Nik, Alexandra, se quedó helada. ¿Y Katerina? Se quedó mirándola y luego sonrió brillantemente.

Estaba claro que no tenía miedo de que sus mentiras salieran a la luz. Olympia recibió encantada el gran abrazo de su abuelo y, después de ser saludada más fríamente por los demás, tomó asiento a la mesa. ¿Cómo se iba a poder enfrentar a Katerina sin ninguna prueba de que hubiera mentido? ¿Por qué iba ella a confesar cuando tenía tanto que perder? Mientras pensaba eso, Nik empezó a hablar.

–Tengo algo que contaros a todos –dijo.

Entonces él les habló de los mensajes, revistas y fotos que había estado recibiendo ella.

Achilles afirmó entonces:

—Algo muy desagradable.

Alexandra, que se había puesto pálida al mencionarse el nombre de Gisele, dijo sin dudar:

—Ese es el comportamiento de una mujer muy maliciosa.

—¡Es vergonzoso! —exclamó Spyros.

—Ahora sé por qué nunca pude soportarla —intervino Peri.

—¡Qué desagradable para ti! —le dijo Katerina a Olympia.

—¿Quién creéis que está detrás de toda esta campaña contra mi esposa? —preguntó Nik.

Todo el mundo se quedó pensativo.

—No fue Gisele —añadió él poco después, sacándose un documento del bolsillo interior de la chaqueta—. Ha sido un miembro de esta familia. Alguien que viene a esta casa desde que yo era niño. Alguien en quien confiamos y que nos importa.

Entonces, Olympia lo entendió todo, miró a Katerina y vio que se había puesto pálida como una sábana.

—No deberías haber sido tan descuidada, Katerina. Damianos es un investigador muy bueno —dijo él.

Toda la sala pareció entrar entonces en erupción cuando los presentes se pusieron a hablar en griego agitadamente y a la vez. Al parecer, la familia se puso a defender a Katerina, que había empezado a llorar.

—¡En inglés! —ordenó Nik—. El griego de Olympia está mejorando, pero estáis hablando demasiado rápidamente para ella y es la que tiene más derecho a entender todo lo que se diga aquí. Y antes de que nadie se deje llevar por la necesidad de consolar a mi prima, dejad que os cuente cómo lo ha organizado todo.

Por lo que dijo, Katerina había estado a bordo del yate con los padres de Nik justo antes de la boda. Le había pagado a la doncella de Olympia para que siguiera sus instrucciones. Entonces, Nik le dio a su padre el documento que tenía en la mano.

—La doncella estuvo en contacto con Katerina durante toda nuestra luna de miel. Katerina voló a España para reunirse con ella y darle las fotos. Eso fue visto por otro miembro de la tripulación. El fotógrafo que le vendió las fotos a Katerina ha querido identificarla. Las pruebas contra mi prima son incuestionables.

—¿Cómo has podido imaginar que yo sea capaz de hacer esas cosas tan horribles? —gimió Katerina.

—Porque no ha sido la primera vez, ¿verdad? —intervino entonces Olympia y se puso en pie lentamente.

—¿Qué significa eso? —preguntó Katerina.

—Cuando Nik y yo nos comprometimos hace diez años, tú decidiste hacer lo que fuera para que rompiéramos.

—No tengo ni idea de lo que estás hablando.

—¡De eso nada! —gritó Nik—. ¡Hace diez años, tú juraste ante testigos que habías pillado a Lukas y Olympia divirtiéndose en mi coche!

La madre de Nik puso cara de reprobación.

—Lamento que tengas que oír esto —dijo Olympia—. Pero sucede que hay que aclarar las cosas. Yo fui injustamente acusada entonces y quiero que ahora se sepa la verdad.

—¡Katerina! —gritó Nik.

—¡Muy bien! —respondió su prima—. Yo hablé con Lukas y lo organizamos todo. No pasó nada entre Olympia y él. ¡Yo me lo inventé todo! ¿Estáis satisfechos ahora?

El silencio cayó entre todos.

—¿Por qué? —preguntó Nik poco después—. ¿Por qué dijiste esas cosas de mi novia? Tú eres mi prima y Lukas era mi amigo.

Katerina giró la cabeza como no queriendo responder.

En silencio, Spyros hizo que Olympia se volviera a sentar y permaneció a su lado.

—Ella estaba enamorada de ti, Nik —dijo Olympia—. Cuando aparecí yo, me vio como una amenaza y me ha odiado por ello desde entonces.

—Estoy anonadado por todo esto —dijo Achilles–. Nosotros aceptamos sin dudar todo lo que dijo Katerina.

–Yo también estoy muy disgustada, Katerina –dijo Alexandra–. Tú le has hecho daño a mi hijo y destruiste la buena reputación de Olympia. Y recuerdo muy bien lo calurosamente que ella aceptó tu oferta de amistad. Ni ella ni Nik te hicieron ningún daño. Pero lo que más me aturde es tu falta de vergüenza.

–¿Cuál fue la parte de Lukas en todo esto? –preguntó Nik.

–Lukas se tuvo que emborrachar bastante para hacer lo que hizo esa noche, Nik –le informó Olympia–. Estaba seguro de que la unión de nuestras dos familias sería la ruina para la suya.

Nik la miró y comprendió.

–Sí, ahora que lo pienso, eso era posible. ¿Por qué no se me ocurrió entonces? ¿Dónde tenía yo entonces el cerebro?

–Ya podemos agradecer que, al menos, los padres de Lukas no tengan que vivir con el conocimiento de que su difunto hijo tomó parte en este asunto sórdido –dijo Achilles y luego se dirigió a Katerina–. Haré que te venga a recoger un taxi. ¡No volverás a ser bienvenida nunca en esta casa!

–¡Y continuaste diciendo mentiras sobre Olympia en nuestra boda! –exclamó Nik muy enfadado.

Katerina respondió mientras se dirigía a la puerta con el rostro rojo de una furia.

–¡Cuando me podías elegir a mí, tuviste que quedarte con una bastarda sacada de los barrios bajos de Londres! ¡Y tú tuviste lo que te merecías!

Los padres de Nik pusieron una cara de espanto casi cómica. Estaba muy claro que ninguno había visto ese lado del carácter de la joven.

–No, Olympia tuvo lo que me merecía yo –afirmó él.

Katerina salió dando un portazo.

–¡Tienes una familia muy animada, Achilles! –dijo Spyros al padre de Nik–. Pero esa que acaba de salir es una serpiente. No me gustaría ver que Katerina esté de nuevo en posición de hacerle daño a Olympia.

–¡Ha actuado como una loca! –dijo Alexandra–. ¿Quién hubiera pensado que fuera así?

–Podéis estar seguros de que esa joven no va a poder causar más problemas –afirmó Achilles–. Pero creo que todos hemos tenido ya demasiado por una noche.

Nik estaba junto a tú ventana, en silencio, quieto y sin mirar a nadie.

–Es cierto –dijo Spyros dándole la mano a Olympia, que se levantó–. De paso, me llevo a mi nieta a casa conmigo.

Nik pareció salir entonces de su abstracción.

–¿Qué dices, Spyros?

–Que me la llevo a mi casa. No te la mereces. En mi casa, ella será protegida y valorada adecuadamente.

–Spyros... Nik está tan afectado como todos –intervino Achilles–. Todos somos conscientes de lo mucho que debemos disculparnos con Olympia por la forma en que la hemos tratado antes y ahora. Somos conscientes de nuestros errores y prejuicios...

–Vamos, Olympia –dijo él tirando de su mano–. Has perdido a una buena mujer, Nik Cozakis.

Cuando salieron de la casa, Spyros se rio.

–¡Esto le dará algo que pensar a mi yerno! ¿Viste que caras pusieron? ¡Todos esos gemidos y lloros! ¡Los Manoulis somos gente de acción!

–Pero yo no quiero dejar a Nik...

–Yo sé lo que hago. Esto es temporal. Ahora que estás casada, Nik es bienvenido a pasar la noche en mi casa.

–¿Cómo lo va a poder hacer si no está con nosotros?

–Olympia, esta noche él se sentía tan culpable y amargado como estupefacto, y siento lástima por él. Cuando vio a su esposa marcharse, pasó del estupor al pánico... ¡Algo mucho más saludable! ¡No tengo la menor duda de que estará llamando a nuestra puerta antes de medianoche! Por otra parte, yo me equivoqué cruelmente contigo y también tengo cosas que remediar.

Cuando llegaron a la villa de Spyros, les dio la bienvenida su madre, que tenía un magnífico aspecto.

–¿No tiene buena cara? –dijo Spyros orgullosamente–. El buen aire de Grecia ha hecho el milagro.

Ni Spyros ni Olympia quisieron preocupar a Irini contándole lo que había sucedido, sin embargo Olympia les habló de su embarazo. Spyros se quedó pasmado y descorchó una botella de champán. Su madre preguntó entonces dónde estaba Nik.

–Lo verás en el desayuno –dijo Spyros sin hacer caso de la forma en que lo miró Olympia.

Su madre la condujo a una espaciosa habitación de invitados y ambas a se sentaron en un sofá para charlar.

Al cabo de un rato, Irini se fue a dormir y, poco después, llamaron a la puerta y entró su abuelo muy serio. No dijo nada, se limitó a apartarse y, entonces, Nik apareció a la vista.

Iba despeinado, sin corbata y con la ropa arrugada.

El corazón se le aceleró como siempre a Olympia.

Entonces, Spyros le dio una palmada en la espalda.

–¡Ni yo esperaba tener un nieto tan pronto!

Luego salió de la habitación y cerró la puerta.

Nik miró tristemente a Olympia y dijo:

–No te di muchas opciones, ¿verdad?

–Yo estoy realmente encantada con el niño... ¿Por qué has tardado tanto en venir?

–La limusina se estropeó y he tenido que venir en taxi, con el tráfico que hay. Por fin tuve que terminar el trayecto a pie con Damianos jadeando detrás.

Olympia rio nerviosamente.

–¿Sabes? Te amo tanto que me duele...

Ella se levantó y corrió a echarse en sus brazos.

Nik la apretó tanto que casi no pudo respirar.

–Pensaba decirte muchas otras cosas, pero cuando he llegado aquí, lo único que se me ha ocurrido en mi favor es que te amo. Hace diez años, creía saber mucho y no sabía nada. ¡Debía haberme dado cuenta de que estaban mintiendo! No me puedo perdonar a mí mismo por haber sido tan estúpido. ¿Cómo podrás tú? Yo lo estropeé todo.

–Éramos muy jóvenes y los dos estábamos desesperados por salvar la cara, tanto como para no ser sinceros el uno con el otro. No quiero mirar atrás más, Nik. Katerina fue muy lista y convincente. Yo realmente confié en ella como amiga y me quedé horrorizada por la forma en que me traicionó esa noche.

—Cuando Damianos descubrió que la pista de la foto llevaba hasta ella, yo me quedé devastado y supe inmediatamente que todo lo que tú habías tratado de decirme sobre ella tenía que ser verdad.

—¿Cuándo lo averiguaste?

—Anoche. Mi primer impulso fue volar directamente a la isla, pero decidí que sería mejor enfrentarme a Katerina y que tú también estuvieras presente. No quise decírtelo de antemano por si se te ocurría hacer algo que la pusiera en guardia. Sabía que no teníamos ninguna prueba de lo que hizo hace diez años, pero estaba decidido a sacarle la verdad. Nos ha causado mucho daño, pero nunca ha habido nadie más que tú en mi corazón.

A Olympia se le saltaron las lágrimas.

—Yo realmente me pasé con... —añadió él.

—¿Con tus irracionales pensamientos acerca de lo que creíste que yo había hecho con Lukas? Ya lo sé. Lo dejaste muy claro…

—El día que me echaste de casa…

—Entonces, esas fotos me hicieron desconfiar de ti.

—Katerina de nuevo...

—¿Sabes que me dijo que nuestro matrimonio fue organizado antes incluso de que nos conociéramos?

–¿Qué tontería es esa?

–Ya sé que lo es. ¿Cómo podría haberme creído semejante cosa?

–No fue un matrimonio organizado –dijo Nik mirándola a los ojos–. Pero yo vi una foto tuya en el despacho de Spyros el año antes de que nos conociéramos. Estabas sentada con un gato blanco en las rodillas. Tenías una sonrisa tan gloriosa, que le tuve que preguntar a tu abuelo quién eras.

Olympia lo miró sorprendida.

–Tu abuelo se dio cuenta de que me habías impresionado y fue por eso por lo que me invitó a conocerte tan pronto como llegaras a Grecia.

–¿Estaban mejor tus padres ahora?

–Estaban preocupados y molestos por la forma en que te habían tratado. Y por que hubieran podido animar inconscientemente a Katerina. Posiblemente hubo un tiempo en que mi madre pensara que no le importaría si me hubiera casado con ella. De cualquier manera, yo nunca tuve el menor interés por ella de esa manera.

–Pero ella no parece siquiera haber afrontado eso, lo que es muy raro –dijo Olympia frunciendo el ceño y sintiendo lástima por la joven.

–Porque está obsesionada. Mi padre hablará con su familia y les va a sugerir que reciba ayuda profesional. No es un problema que pueda ser ignorado. Sospecho que el sentimiento de culpa por la muerte de Lukas la afectó más fuertemente de lo que podríamos haber sospechado. Él estaba enamorado de ella. ¿Cómo debió sentirse Katerina cuando él se estrelló con su coche?

Olympia se estremeció y decidió que era mejor cambiar de conversación.

–Dime, ¿de verdad que me habrías arrojado a los pies de mi abuelo delante de los invitados a la boda?

Nik se ruborizó.

–Quería que creyeras que lo podía hacer. Dios mío... en el mismo momento en que irrumpiste en mi despacho, todo empezó de nuevo para mí. Pero esa vez tenía que ser bajo mis condiciones, para sentirme yo con el control de la situación. Entonces, cuando hicimos el amor en nuestra noche de bodas, todo se fue al traste para mí.

–¿Cómo?

–Tú te mareaste y lo único que yo quise hacer fue cuidar de ti. Y entonces estuvimos charlando en la cama y me sentí muy bien. La verdad es que me sentí como si no nos hubiéramos separado nunca.

–¿De verdad? –le preguntó ella, encantada.

–Y, de repente, ya no me pude seguir diciendo que era yo quien tenía el control. Por eso me marché al día siguiente. Me fui a Suiza a sentirme fatal y me dediqué a beber para olvidar mis penas.

—Me alegro de que te sintieras fatal, porque a mí me pasó lo mismo. Te amo, Nik Cozakis.

Nik la miró fijamente a los ojos.

—¿Locamente y para siempre?

—Sí, ¿por qué?

—Porque es así como te amo yo a ti —le confesó él antes de besarla apasionadamente.

Olympia dejó en la cuna a su hija. Alyssa tenía el cabello negro y los ojos color jade marino. Y, desde el mismo momento de su nacimiento, había unido más aún a las familias de Nik y Olympia.

Spyros era un visitante habitual. Él, que tan poco se había ocupado de sus propios hijos porque había estado demasiado ocupado construyendo su imperio mientras crecían, había sucumbido a una especie de adoración por su biznieta. La salud de la madre de Olympia había mejorado enormemente y se portaba con la niña como la mejor de las abuelas, pero en esos momentos, tenía otro interés en su vida.

Olympia sonrió cuando recordó la cara que había puesto su abuelo el invierno anterior, cuando su hija se fue a cenar con un viudo jubilado que había conocido por unos amigos. Irini se iba a casar con Soritis al cabo de pocas semanas y Olympia estaba ansiosa por ir de boda.

Achilles y Alexandra Cozakis se esforzaron por todos los medios a su alcance para tener una buena relación con su nuera. El irreverente sentido del humor de Peri había hecho mucho por suavizar el daño que había dejado tras sí Katerina. Y Alyssa, a quien todos ellos adoraban, había sido toda una bendición.

Unos seis meses después de la noche en que quedaron al descubierto las mentiras de Katerina, ella había escrito a Nik y Olympia ofreciéndoles la seguridad de que nunca más se volvería a meter en sus vidas y que se arrepentía profundamente de todo el daño que había causado. Se había ido a vivir a Londres a vivir con su hermana mayor y su familia y, al parecer, había empezado una nueva vida.

No había ni una sola nube en el mundo de Olympia. Hacía un año que se había casado con Nik no esperando nada de ese matrimonio, salvo dolor y resentimiento y, desde entonces, se había ganado el apoyo de dos familias, una hija preciosa y un marido que la amaba más cada día que pasaba. Ese día era su aniversario de boda, pero se iban a quedar en casa en Kritos porque era donde más les apetecía celebrarlo.

Cuando se reunió con Nik para cenar en la terraza, se maravilló de nuevo con la vista extraordinaria que la había cautivado desde el mismo momento en que llegó a la isla. Y luego miró a Nik, tan encantada como siempre.

Él era el amor de su vida.

Casi no pudieron esperar a terminar de cenar para desaparecer de nuevo en el interior de la casa y de su dormitorio, cosa que no sorprendió nada al personal de servicio.

Los habían visto hacerlo muchas veces antes.

Acepte 2 de nuestras mejores novelas de amor GRATIS

¡Y reciba un regalo sorpresa!

Oferta especial de tiempo limitado

Rellene el cupón y envíelo a

Harlequin Reader Service®

3010 Walden Ave.
P.O. Box 1867
Buffalo, N.Y. 14240-1867

¡Si! Por favor, envíenme 2 novelas de amor de Harlequin (1 Bianca® y 1 Deseo®) gratis, más el regalo sorpresa. Luego remítanme 4 novelas nuevas todos los meses, las cuales recibiré mucho antes de que aparezcan en librerías, y factúrenme al bajo precio de $2,99 cada una, más $0,25 por envío e impuesto de ventas, si corresponde*. Este es el precio total, y es un ahorro de más del 10% sobre el precio de portada! !Una oferta excelente! Entiendo que el hecho de aceptar estos libros y el regalo no me obliga en forma alguna a la compra de libros adicionales. Y también que puedo devolver cualquier envío y cancelar en cualquier momento. Aún si decido no comprar ningún otro libro de Harlequin, los 2 libros gratis y el regalo sorpresa son míos para siempre.

416 BPA CESL

Nombre y apellido	(Por favor, letra de molde)

Dirección	Apartamento No.

Ciudad	Estado	Zona postal

Esta oferta se limita a un pedido por hogar y no está disponible para los subscriptores actuales de Deseo® y Bianca®.
*Los términos y precios quedan sujetos a cambios sin aviso previo.
Impuestos de ventas aplican en N.Y.

SPB-198   ©1997 Harlequin Enterprises Limited

HARLEQUIN

Deseo

EL MEJOR TESORO

Cathie Linz

La vida era dulce para Reno Best, comisario de Bliss, Colorado. Sus días transcurrían resolviendo peleas en el bar o poniendo multas de tráfico. De modo que no estuvo muy receptivo cuando Annie Benton, la nueva maestra de Bliss, insistió en que investigara la desaparición de su hermano. Para que lo dejara en paz, Reno hizo algunas averiguaciones y, por pasar el rato, empezó a coquetear con ella. Pero después de un beso se dio cuenta de que, bajo la apariencia recatada de maestra de escuela, había una mujer muy apasionada... una mujer que él pensaba descubrir.

PIDELO EN TU QUIOSCO

Michele lo sabía todo sobre Tyler Garrison. Inso-
portablemente atractivo y heredero de una gran fortuna,
cambiaba de mujer con la misma facilidad con que cambiaba de coche. Sin embargo, cuando Michele fue invitada a la boda de su ex novio, la emocionó que Tyler consin-
tiera en acompañarla, y ello a pesar de la condición que
le puso... ¡que simularan ser amantes!

Michele disfrutó con el efecto que produjo
entre los invitados su aparición del brazo de Tyler. Pero
quedó aún más sorprendida cuando él le hizo otra propuesta todavía más provocativa: ¡que se convirtieran en
amantes de verdad! Tyler Garrison, el soltero más codicia-
do de Sydney... ¿la deseaba a ella? ¿O se escondería alguna mentira detrás de la proposición
del playboy?

Proposición indecente

Miranda Lee

PIDELO EN TU QUIOSCO

TRAS DE TI
Maureen Child

Cuando, a la mañana siguiente del Baile del Batallón, el coronel Candello encontró a su hija en la habitación de un marine, poco faltó para que montara en cólera... Menos mal que el sargento primero Jack Harris se ofreció a casarse con Donna para salvar la reputación de su superior. Así que, por suerte o por desgracia, Jack y Donna se casaron. Pero los votos románticos destinados a colmar de felicidad el corazón de cualquier recién casada producían el efecto contrario en Donna. Porque, no solo era virgen siendo soltera, sino también siendo casada. Así que, ni corta ni perezosa, se propuso conseguir que su rudo e irresistible marido la deseara...

PIDELO EN TU QUIOSCO